千禧年后

施丹妮 著

文匯出版社

千禧年后（自序）

2006年，上海市威海路，文汇新民报业（现上海报业集团）大厦的顶楼，我在众多报业前辈的手中接过了一个奖项：全国大学生"我的就业之梦"征文大赛的二等奖。那个大学二年级的寒假，我在当时国内顶尖新闻周刊之一的《新民周刊》开启了自己的新闻生涯。

19岁，好奇心极强的年纪，新闻给了我接触世界的最大角度，真正从象牙塔之外去观察世界的渠道。近二十年过去，时代行业都在变化，再回头看，反而一切清晰如昨。

那是千禧年初的一个时代，也是MSN和博客的时代。年轻人在MSN Spaces、博客巴士、新浪博客或者豆瓣上写那个年代的"小红书"。

前些年MSN Spaces被迁移到新浪博客，其后一夕之间新浪博客也被关停，我青少年时代写下的近十万字的日记瞬间消失在数字世界，深切地感受到一个时代的消逝。

时代瞬息万变，仅我祖父这一代就经历了20世纪的巨变，泥城桥附近的祖业公私合营，中年被分配到当时的上海冶金矿山机械厂当个普通工程师，直到退休。如今，凝聚上海近代民族工业发展的上海冶金矿山机械厂整体改造为静安新业坊，原地造起了年轻人喜闻乐见的初号机。时代的聚光灯不知何时让上海的一些传统产业退到了幕后，沧海桑田。

个体在时代里是微不足道的，然而个体也是时代的"切片"。当时的世界是怎样，每个人看到的是不一样的。

千禧年后，正是我离开象牙塔走向社会的那几年，是十几二十岁世界观震荡的几年。也是上海这座城市乃至中国发生巨变的一个时代。更是许多像我这个年代的年轻写作者怀念并反复书写的时代。

二十年后，我决定把这些年遇到的人，亲历的现场集结成这样一本书。一个上海85后新闻工作者对千禧年后二十年的上海文化事件和一些了不起的普通上海人的零散记录，也许并没有太多的锐气十足的文章，只是记录，记录历史缝隙中，上海这些"人"的生命痕迹。

我依然记得十多年前，文化广场重建的工地，记得上海当代艺术博物馆为了蔡国强的一个作品拆了一扇门，记得李向阳先生一手创立的上海双年展，记得与金宇澄先生见面的玛赫咖啡，记得福州路开了三十年的书报摊，记得天蟾舞台的后台……而我在现场，他们在对面。

近二十年来，我的足迹从文新大厦出发，职业生涯经历同济大学国家历史文化名城研究中心、上海市卢湾区委宣传部、上海市黄浦区委宣传部，甚至有幸见证了上海发布新媒体初创的时期。二十年后，我供职的静安区融媒体中心上海静安公众号开设了一个副刊类栏目"百乐门静安艺文志"，作为这个栏目的负责编辑，我与不少故人重逢，也得以见证了许多人的生命"切片"——在时代的洪流里站立抵抗并最终抵挡了冲刷的那些人,我始终以他们为标准校正着自己的生命坐标。

我最喜欢的科幻片《银翼杀手》里有这样一句台词:

我见过你们人类无法相信的事物,我见过战舰群在猎户星座上沿燃烧,我看着C射线在唐豪瑟之门附近的黑暗中闪耀。然而这些瞬间,都将在时间中流逝,就像雨中的眼泪。

过往的岁月,我所经历的一切都是流逝中的瞬间。我攫取一些瞬间放在此处,希望这速朽的瞬间与不同时代的诸位共享,激起生命中不朽的余音。

目 录

001 人物

002 金宇澄：关注市民阶层的生活

015 李向阳：时间，会扯平一切

023 李守白的海派艺术之路

028 洪健：春水向东，回望"上海故事"

037 吴林田：知止

043 学院"逆子"王颉

049 中国第一代陶瓷经纪人熊景兰的陶瓷之路

054 郭一江：用底片给"世界记忆"一个交代

059 席子：城市游走记录者

066 毛时安：朴素天真才是人生的通关密码

070 殷健灵：时光里的回信

080 简平：共同度过

087 于丹：我要离开媒体的旋涡

093 陈忠实：来自农村的"炼钢者"

099 关于陈丹阳或抽象的一切

103 《莫斯科郊外的晚上》译者薛范

107 香港舞台剧导演林奕华：一块石头要经受打磨

111 徐俊谈《永远的尹雪艳》

117 坊间

118 百年淮海路的创新与发展

122 百年老楼的艺术痕迹：斯沃琪和平饭店艺术中心探访

126 逝水年华与远大前程：《上海画报》与它记录的上海30年

131 故事会：大众出版的数字化探索

135 当年轻人开始做"城市考古"

146 上海当代艺术博物馆：电场24小时

150 上海爱乐乐团：经典配乐诞生地

158 蔡国强的白日焰火

163 人民照相馆：老字号探求新生

168 南京路长跑队：跑到80岁

174 七旬老人背包游世界

179 八旬老人绘"清明上河图"

184 汕头书屋："书报大王"三十载报摊纸张情

189 丰子恺"日月楼"的陈列室

193 带特殊儿童看世博

199 今天不休息的"马天民"

209	**在场**
210	后台
214	被留住的旧时光
220	从晚晴小筑到西摩公馆
225	回眸拉萨
230	那些年的绿皮火车
234	岛
239	人民需要怎样的乡村
244	《渡》：一场生死轮回加无数路人的故事
248	王家卫的太极
251	Aimer
255	苏青与她的俗世"脱口秀"
259	小店
263	在西伯利亚等一艘船
269	这无情世界的热情蠢货们
273	月圆时的家宴
279	梦开始的地方：咖啡馆的对话
285	**后记：一代人中的一个人**

周菲摄

人物

金宇澄：关注市民阶层的生活

这是一篇2013年的专访，时年《繁花》刚诞生不久，一切后续的传奇都在宇宙神奇的酝酿中。我在如今业已消失的上海作协旁的玛赫咖啡与金宇澄老师做了次漫长的专访。作为资深编辑，采访结束后，他很认真地要审样稿，写信回复并发来了书中所需的插图。很多年后，金老师开始画画，我写了篇有关他画作的小文章，他依旧如此，对呈现在读者面前的细节一丝不苟。

其后，众所周知，《繁花》获茅盾文学奖，被改编成话剧、电视剧，享誉华文世界，它在最近十年甚至未来很长一段时间都成了海派文化的表征。我们不妨借此文回望一下10年前，独上阁楼的金宇澄老师所创造的世界。

"上帝不响，像一切全由我定。"《繁花》扉页的一句题记，奠定了这部今年获奖无数的上海官话小说基调，跨越大半个世纪，从20世纪五六十年代的上海写起的《繁花》，初期是以"独上阁楼"网名，用大半年时间，在本地"弄堂网"上发表的三十八万多字初稿。作者回忆这个创作阶段，"下班就急着赶回去写，到外地出差也不耽误"。评论家认为，《繁花》贴近

《繁花》2013年初版　　　　　　金宇澄　钱东升摄

市民记忆,接地气、鲜活,每天写完即发的状态,恢复了民国时代报章连载的传统,半文半白改良的上海官话,打通了地域障碍,开了当代小说文本的先河。一分耕耘一分收获。这部小说,最终获得了文学圈内外的一致好评。记者在上海作协专访了《繁花》的作者,《上海文学》常务副总编金宇澄。

《繁花》描述了主人公阿宝、蓓蒂生活的思南路、陕西路、复兴路、香山路等区域,是否包含了您幼时的经历和您对于20世纪上海的情感与缅怀?

金宇澄:城市生活很具体,书中的细节情感,都是我自然的流露,我确实很熟悉上海具体区域的内容。20世纪50年代到60年代,我住的卢湾区陕西路、淮海路、长乐路、茂名路,现在都有了很大的变化,50年代,这一带还可以看见落魄的白俄男人,为居民磨剪刀。一清早有人牵一匹马卖马奶,陕西路凡尔顿花园的围墙上,当时全部画满大炼钢铁的壁画,我放小学穿过的弄堂,常看见丰子恺先生站在门口,平常人的神态。茂名路的迪生商厦,年代只是一座灰黑色的立体停车库,淮海路的有轨电车当当作响……这些回忆,证明历史非常短暂,几十年的变化,想想很漫长,其实很短暂,当然现在的发展,有好的一面。

主人公的幼年生活,类似您小时候的生活吗?这部作品,是否可看作您的回忆录？

金宇澄：在场景上很类似，但都是打散和调整过的，出版后觉得，我写得还不够多，如果再具体，会增加很多内容，但还是要服从结构，要节制。《繁花》不是回忆录，过于个人写实的话，写作也就不自由了，会顾忌一些东西，阻滞想象的空间。回忆录严格来讲不是文学，贴近个人的内容，没办法扩充，容易单薄，不能使我满足。也因为长期的文学训练，长期做文学编辑，长期看小说稿件，我不可能把小说写成回忆录，但可以接受某些优秀纪实元素的影响。

小说要跟随人物，去到很少书写的某一种空间，《繁花》突出了通常忽略的生活部分，这是我感到满足的，我认为好的文字会带有时代性质，并且是升华的，落实到人物群体上的。回忆录的感染力，内容与视野上都比较窄，小说可以更浓，更有光彩，现实主义的小说，也需要真实的原型，需要常识与情节。

故事发生的部分地点在卢湾区，您写道，阿宝以为这么小的一块区域就是上海。你在许多地点做了明确的标注，手绘了四幅地图。数十年来，这个区域的变化给您印象最深的是什么？

金宇澄：我在长乐中学读初一时，初三年级全部是女生，因为学校原名是"建春女子中学"。大门与瑞金路的向明中学面对面，现都联合在一起，都成了向明。学校隔壁，原来有个

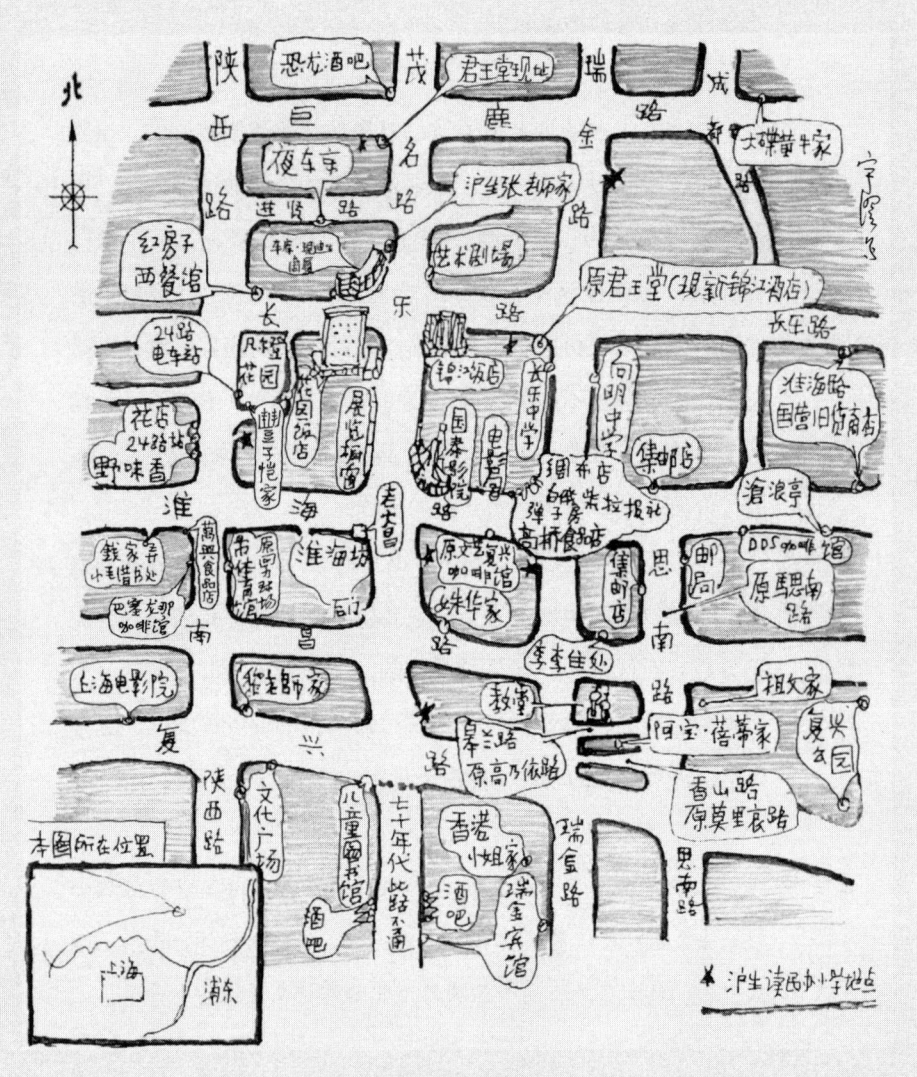

《繁花》书中手绘地图

天主教堂君王堂，据说租界时期专门给西方人做礼拜，中国人不能进去。到了年底，教堂忽然拆为平地，随后就成为上海油画雕塑院的工棚，现址，就是新锦江大酒店。这座君王堂，十几年以后恢复了，改建在巨鹿路靠茂名路口，这一切没人提到，却是城市很特别的变化，包括我读的民办小学，一般都是私人提供的家庭用房，同学们就在弄堂里做体操，在弄堂里跑步。我画的地图上，标五角星的就是民办小学地点，小学六年，我换了十多个地方上课，因为我们那年代，学苏联多生小孩，表扬"英雄母亲"，因此小学根本不够用。这样简陋的学校，现在不会有了。

小说里有一个小朋友蓓蒂，有一个魔幻主义的结尾，最后变成一条鱼，跳到了黄浦江里。这是您小时候玩伴的集体缩写吗？

金宇澄：很多读者都以为，这类的处理就是西方的魔幻手法，其实中国古代志怪小说，人变狐狸，狐狸变人，同样有悠久的书写历史。《繁花》的这一段，表明在如此境遇下，有些人就没办法生活，特殊的时代，个人经受的冲击力非常巨大，到了这个地步，往往没有办法，"插翅难飞"，没路可走，我用这种方式，让她回到童话世界去，符合人物规律，出现一个自找方式，我没法改变，她只能异变来解脱，是善意的，向往自由的愿望，小姑娘的童话色彩；卢湾区的地域特色，租界洋式

《静安寺》(版画) 金宇澄

建筑密集，这样的背景下，有童话译本的味道，这个小女孩讲过，上海就是淮海路、复兴路，隔几条马路就有教堂。其实也是我少年时代的想法，没到过郊区、工人区，以为上海全部是卢湾的样子，后来才知道，并不是这样，世界非常丰富，非常脆弱。

小说强调年代男女的世俗部分，我是故意的，这类城市阶层，我们的文学很少接触，文学不分上下层，需要仔细的眼光，非常合规的内容，应该有多种价值观，供读者挑选，对照一种距离。我接触过这些人，看城市生活，了解城市，究竟什么样的人群生活在这个城市里，不只是知识分子，还有大量的小市民阶层，每个人都有自己的立场。

大部分的小说，确实很少把目光聚焦到市民阶层上，当初怎么会想要关注这个人群？

金宇澄：写上海通常就是十里洋场、百乐门，除这些，有什么能代表上海？写普通人，技术上是有问题的，普通人的生活，有一个保鲜度，你不及时掌握，它就不见了，变质了。就像走进市井阶层的房子，你不会有多少想象力，市井生活材料，只依靠人情、人的故事，是最重要的鲜度，很难保存。只有走进一座大洋房，想象力通常会很丰富，感觉这里有许多传奇，但只是凭借资料与想象的人和故事，不会是鲜活的，至多是被腌制过的内容，或是一幅骨架，是历史的一般痕迹。丰富的肌理与血液,在老洋房里是找不到的,反反复复,只是通常上海,普通内容。鲜活的人的生活,要抓住它们,必须有积累,你不及时保存下来,就没有了。

那一代的城市人,经历复杂,包括插队落户,空中有只大手,把各种各样的人投到火车、轮船上,送走了之。小说里有个女青年兰兰去安徽做工,也是这样,从事中下层工作,气质容貌的变化会很巨大,甚至很惨,她自己不觉得怎样。写下层人物,不凭现象,要有积累与原型,连贯性群象想当然地描述,就很单调。这一代的女性,每人都是跌宕起伏,比如过去在厂里跳舞跳得很好,后来去做店员,做传销,很多人都千疮百孔。

《繁花》收集了很多平民的变化,很多不看文学的读者会喜欢,因为书里有很多熟悉的情景,觉得很亲切,有共鸣,仿佛书里有自己的亲友,有这样那样的社会关系,觉得上海有这样的男男女女。我很高兴。上海最多的是百姓,有个老太太跟我说,一辈子没有去过外滩,但她是上海人。很多真实人物眼里的上海,是不一样的,我有意识地把这些内容告诉读者,上海除了高雅,大量是普通人的亲切,上海很实在的方面,脚踏实地地生活。文学需要这一块。

即使是灰色年代,底层的涌动也是彩色的。我想表现上海的丰富性,生活的复杂特质,市民阶层与知识分子阶层不一样,海面一有风浪,主流生活群最早感受到这种波动,但是海面以下的阶层,是另一种状态,或几种状态,他们必须有自己

玛赫咖啡馆

的应对，生命很坚韧，会演变为一种自我合适的状态，有自己的滋味。所以这一层面很特殊，也很有趣。如果写上海滩青红帮、大流氓，历史可以翻找，但写普通人，不了解是写不明白的。

这本小说有章回体的味道，中国传统的样式，是故意设计的吗？

金宇澄：文本样式是故意的，章回体也好，标点符号也好，都是故意的。作家应该去追求一种个性的表达。我做文学编辑，每年出版那么多书，怎样在这些书中别具一格地脱颖而出，需要个性。追寻传统，传统是源泉，它不是死去的样态，有很多营养。小说，应该故事好，内容好，形式应该有特点。章回体的样式，是在中国人血液里的，有亲切感。小说要探索，不是只凭故事就能完成，要注意它的样式的艺术个性。

诺贝尔文学奖获得者莫言说，要做小说世界的国王。傅雷曾经说，赤子孤独了，会创造一个世界。你写这部小说前，已经搁笔多年了，着手再写这部小说的初衷在哪里？

金宇澄：说不定我是想做小说人物的奴仆，非常心甘情愿写他们的故事，寻找一种文学方式，采用一种最低的姿态，表现他们。这些人物都是难忘的，上海的过去也非常难忘。没有什么特别功利的想法。我一直生活在文学圈里，写作需要亲切感，要对生活动感情。

这本小说的主题是，人生时间非常短暂，花无百日红，要珍惜生活。里面这些人物的悲欢离合，都是这样。中国人特别看重一生一世，《繁花》写的是人的一生一世的事情。逻辑很简单，人生是一个很悲的事情。整个调子带有悲悯。或许是热闹之后的平静，包括里面的大量饭局，这些饭局代表了一种国民性，没有一个地方的人和中国人一样，什么事情都靠吃饭，交际的场合就是饭局。《繁花》里写了多个饭局都不止，有评论家说我饭局写得最多，这些无意义的饭局，仔细想想，都是有意义的。当时你在说什么话，什么人坐在旁边，时间就这样一分一秒地过去了，我们的往事多么容易被遗忘。我们的生活节奏非常快，也特别健忘。那么《繁花》就是来做这样一个补充，把一些零零碎碎的，看起来无意义的东西放在人生的轨迹中，人生就是这么过来的。别指望你一生会出现一般小说里经常设置的高潮，大部分人没有什么高潮，而且最终是很不理想的结尾。我告诉读者，人的结尾是非常残酷的，也是正常的。很多小说的结尾，基本是相濡以沫的结尾，这是一种被重复了不知多少遍的小人物的老一套的温暖，这部小说的结尾，繁花落尽，是萧条，人最终死了，让人正视死亡。我见到很多朋友的死亡——能维护尊严已经很不错了。人生是个很悲的事。但很少有作家会这么来讲。实际上，这就是中国式的看待世界的习惯与方式。小毛死的时候，雪芝说，为了这么点钱，搞得这么悲惨。实际也就是一间破房子，万把块钱。这是市民阶层的无奈。

中国人讲究一生一世，一生一世被环境左右。

2013年

金宇澄题签

李向阳：时间，会扯平一切

静安瑞芝邨，一条小弄堂拐进去。李向阳的新展"奢见"就在朋友的画廊木曦艺术空间展出。

李向阳，被人熟知的身份是上海美术馆执行馆长，上海双年展的开创者。

二十多年来，李向阳躬身于上海艺术事业，为当代艺术搭建平台。他分别主持了上海美术馆、上海油画雕塑院美术馆的改制与重建，领导建设了上海当代艺术博物馆，开创了上海双年展、上海艺术博览会。这些不同凡响的艺术事件都是上海当代美术史的重要组成部分。

童年记忆，在笔触与色调里

20世纪50年代，李向阳出生在上海。他的整个童年时代都居住在静安区常熟路113弄的善钟里。常熟路旧名善钟路，善钟里是个名人辈出的弄堂，由潘义泰营造厂承建，双毗连花园住宅。

据李向阳的幼时回忆，善钟里居住过不少名人。如音乐表演艺术家饶余鉴、任桂珍夫妇，施鸿鄂、朱逢博夫妇等。据资料记载，1928年1月，沈从文独自从北京到上海，就借住在善

李向阳在2004法国印象派绘画珍品展

钟里弄口外的111弄内的左翼作家沈起予家亭子间，之后又迁入正房。1928年3月，胡也频与丁玲来到上海，当初也借住在沈从文善钟里的住所内。

在李向阳的回忆中，数十年的城市更新下，幼时弄堂口的小学已经不见踪影。然而，母校培英中学的记忆依然清朗，一切仿佛发生在昨天。

培英中学于1956年由培群中学与育英中学合并而来，1958年迁入富民路43号办学，直到1983年华东模范中学在这里复校。如今他回到善钟里这条熟悉的弄堂，常熟路两边的店铺早已改头换面，物是人非。培英中学也已是华东模范中学。他幼年的校园、烟纸店、弄堂对过的上海歌剧院与嬉戏的伙伴幻化成他笔触的色调、色彩、线条。"童年记忆逐渐变成了笔下的灰色调,灰色调的画很高级,静安在我心中一直是个高级典雅的城区,它最终融汇在我创作的心境里。"

15岁时,李向阳随父母去了黑龙江,在父亲的逼迫下,开始习画,两年后考进部队文工团。1981年,调入济南军区空军政治部创作组,当年完成成名作《战友的遗孤》,获得全军美展优秀奖。

1985年,暌违上海十余年后,李向阳调入武警上海总队政治部,带着妻女回到上海。"我们离开太久了,善钟里的七十二家房客已经换了一批人,我和家人也没有再回去住过。倒是父母退休后回上海,住在武定西路,这些梧桐小马路常常让我觉得非常熟悉、安心。退休后,我的画室设在了永和路、苏州河北岸。兜兜转转,我还在静安。"

1993年,40岁的李向阳转业,进入上海美术馆,任执行馆长。他的人生亦拉开另一篇章。这也是上海当代美术史的重要一章。

事必躬亲,盖过三座美术馆

李向阳在自述中说:"我转业了,经历过上海美术馆、上海油画雕塑院、上海视觉艺术学院,玩过双年展、艺博会、春季沙龙……还盖过三座美术馆。"

舞台美术出身,多年的工作中,他自嘲对工作有"强迫症"。"在部队当创作员的那几年,我的工作只是与美术的服务和管理有关,而我敬重这些工作,又有做不好会死的毛病,事

培英中学校舍

无巨细，事必躬亲。"

1996年，上海美术双年展举办。首届双年展，每一个现场他都在，"那时布展我们的领导和工作人员都是不吃不睡的，在国际饭店开两个房间，谁累了谁去休息"。

"双年展那时的国外艺术装置都是漂洋过海来的，我们自己组装。那些老外看到我们来装，一口一句'No No No'。我和艺术家说，'你去吃个午饭，喝杯咖啡'。等他用餐后回来，我们全装完了。他惊讶得目瞪口呆，一口一个'Yes Yes Yes'。这就是中国人的做事方式——勤劳勇敢的中国人，再难的事情聚众人之力，齐心协力都能办成。"

2000年，上海美术馆从原先仙乐斯广场的位置迁入200米外的南京西路325号。李向阳主持了新馆5800平方米的筹建工作。依然"事无巨细，事必躬亲"。

"1999年改造跑马厅，我因为早年在卢浮宫考察，看到他们的照明设计，我就说我们的美术馆也要做成这样，平顶光、自然光要匀。"他自嘲有"强迫症"，"当时装修市场的有机玻璃，我说不行，去法国买那个进口的膜，完全手工来做。"

以"强迫症"般的做事态度，2009年，他主持了上海油画雕塑院美术馆的改建工程。2011年，他担任上海当代艺术博物馆筹建办公室主任，完成了设计任务书、概念设计方案。在他主持下，中国第一家公立当代艺术博物馆就此诞生。

对于个展"奢见"，木曦艺术空间画廊负责人萧莲坦言，这个展等了李向阳两年，对每个个展他都精益求精。布展结

原上海美术馆（现上海历史博物馆） 施丹妮摄

束后,他告诉萧莲:"展厅的灯太亮,色温不对,灯光打下来,画的颜色就有误差,光是第四维空间,半点不得马虎。"

蓦然回首,水平之美

自2019年以来,李向阳的《非相》系列作品举行了一系列个展。从"若见""抹见"到"奢见"。寄托了他对现实社会的感怀与希冀,对人生意义的追问与探索。"奢见"系列是对世事平安的期望,是跋山涉水后万千感慨的沉淀。

展览"奢见"展出的是李向阳《非相》系列作品,作品名取自《金刚经》中"若见诸相非相,即见如来"。《非相》是具有"抽象"特征的意象风景画,较于其早年的具象绘画,更接近于当下的心境表达与精神诉求。在一笔笔重复的平抹中,他创造出宁静的天地和苍茫的生命力。呈现了作品中的旷野、沼泽、雪山、沙滩……让观者在其中无限放空与遐想。

李向阳犹记得当年拜恩师吴殿顺学风景、看画时,老师把眼睛眯成一条线:画幅不要大,跟火柴盒大小就行,三笔摆准天地物,学会把握大关系。"五十年过去了,外面早已是百态横生、万象更新,我却还在寻找大关系。"

《非相》这一系列作品体现的便是大关系。世上的事情靠得近,它就复杂;离得远,它就简单。越复杂就越渴望简单,只有经历了复杂才能学会简单。

李向阳说,"人过六十,走过天干地支的各种安排,挺不易的。我卜过乡,扛过枪,画过舞台布景,得过展览大奖,做过军政机关的小吏，进过硕博答辩的讲堂，吃过人民大会堂的国宴，啃过猫耳洞的干粮，宿过珠穆朗玛营地，晒过地中海的太阳，多亏缪斯女神一路护佑，才得以峰回路转，笑对沧桑。一辈子都在克服引力，冲击高度，蓦然回首，原来水平这么美。时间，会扯平一切。"

他摊开画布，将颜料泼了上去，然后用各种工具将它们铺展开来，抽丝剥茧，小心梳理，渐渐地，眼前出现了宁静的山水，氤氲的天地。

2023年

《非相1909》（布面丙烯）李向阳　　《非相2202》（布面丙烯）李向阳

李守白的海派艺术之路

从重彩画到海派剪纸，从八号桥一隅到田子坊的守白艺术，当代重彩画家、海派剪纸艺术大师李守白的创作完成了自己艺术道路的自我探索。当年，李守白一直铭记着恩师、著名画家林曦明教授为他题的八个大字："知黑守白，彩墨生辉"。而他也一直在践行老师常说的那句话："艺术家要有所坚持，担当自身的社会责任。"

李守白

艺术观：传统也可以是现代的

这些年提起海派都市重彩画与海派剪纸，绕不开的关键词是李守白。毕业于上海工艺美术学校，李守白继承了父亲的衣钵，师承林曦明恩师的艺术风格，经过多年对重彩画与剪纸的创新与发展，逐步形成了自己独特的艺术语言。他说，传统技艺不仅要结合当代，更要引领潮流时尚。于是，他的作品有石库门题材的元素系列，如上海老建筑、老家具、老旗袍和有关衣、食、住、行的上海人的生活方式……我们熟悉的海派记忆以一种从未料想的表达形式完美地呈现在眼前。传统的一切开始变身现代，开始让世人回过头去看传统的、海派的艺术。

"你听谭盾的'水乐'，用的是湖南的一种快消逝的女书文化，他把传统和现代结合得这么好。"李守白打了个比方。而他在创作中也一直在寻找这样一种结合，在他看来，艺术无所谓跨界，因为艺术没有界限。而这十年空前的市场反应也让他觉得，路走对了。

2004年，守白艺术公司正式成立。当年，李守白荣获中国民协"德艺双馨剪纸艺术大师"称号；2007年，他的《上海童谣》获得了文化部的"文化遗产日奖"；2009年，他被授予上海海派剪纸"代表性传承人"；2009年，他成为上海市"领军人才"；2010年，获上海市"德艺双馨文艺工作者"；2011年，他成为上海市"非物质文化遗产保护先进个人"；2012年，他被评为"上海市优秀中青年艺术家"；2013年，他的作品"石库门系列"剪纸荣获"中华剪纸艺术创作成就奖"。一路走来，硕果累累。

"我没有想过走这条路要获得什么，在一条路上坚持专注地走下去，好像很多东西自然会得到，无所求，有所得。"他说。

还原海派，肺腑之爱

已故的海派作家程乃珊曾告诉李守白，吃个点心或咖啡，要专程去，甚至花费一小时车程也要去。贺友直在困难年代，还要每月省下一点钱，专程去吃一碗"红汤"（罗宋汤）。而李守白的祖母，小时候每次带他去南京路，都要梳妆打扮好久，穿上最考究的衣服。他幼时不懂，如今晓得，那是上海人为人处世的态度。"讲究生活，注重体面，讲究做人做事"那是李守白幼时的上海，也是至今深爱的上海精神。"我们那个年代，甚至有些人晚上睡觉裤子也要压在枕头底下，这样早上起来，裤缝还是笔直的。"

"如今大家都往外面看，觉得外面的东西不论当代艺术还是其他艺术都是好的，但其实，我们的先人，就为我们留下了非常有价值的东西。""向内看"成了李守白创作的态度，于是他专注于海派，还原他心目中的海派精神。

李守白的重彩画取材于以石库门老房子为主体的上海弄堂，承载着他童年的所有美好时光"天堂"。直至今天，他依然会想起，傍晚时分弄堂飘出的饭菜香，回味起童年记忆最深处的热气腾腾的三鲜砂锅汤。对李守白来说，画老上海不是职业之需，而是一种内心情感的自然流露和表达。为此，他就能不惜自己时光和生命流逝，去追寻、去创造一个"有意味的形式"。李守白呈现在我们面前的这个老上海世界有写实的成分要素。他会精准精细地去展示石库门的红黑相间的砖墙，大门和墙体之间的结构，窗框形态各异的图案，玻璃色彩的千变万化，还有打开的窗台前一捧花的摆放，一块打结的窗帘的垂吊。

以色列驻华使馆找到李守白，希望他能画一些当时犹太难民在虹口霍山路一带的生活形态与建筑。李守白欣然接受，画中，犹太人后裔们和上海弄堂的孩子们穿着同一式样的旗袍，如亲人朋友一般一起聊天嬉笑。还原了那一段历史。而为了画好这些历史建筑，李守白多次采风，"那里的建筑很特别，都是些小洋房，但是用了中式的构造和砖块结构，洋为中用，中西结合"。

诚如中国文艺评论家协会副主席毛时安所言，在李守白的重彩画中，虽然刻画的是我们见过的客堂阁楼，是我们熟悉的过街楼、亭子间、带着雕花装饰的大门，还有天井、阳台。但入画的视角，房屋与房屋、房屋与街道的联系，室内家具的摆放，都带有了经过处理的抽象的结构主义元素。具有高度符号化的特点。他把昔日上海老弄堂有关的一切，竹椅、鸟笼、天井里的水斗、水龙头、吊在墙上的沥水的鲜鱼、过了时的老式家具……有机地组织进了画面。李守白的艺术雄心在于，他想建构一个关于老上海人世俗生活的艺术符号系统，一种艺术的标识。事实上，经过他几年来艺术上的努力，他建构的石库门、老弄堂，已经成为外国人、外地人心目中上海的艺术LOGO。你想一目了然直观而感性地了解那些业已消失了的上海风情，李守白的重彩画，就是索引，就是地图。

"路漫漫其修远兮,吾将上下而求索。"李守白与他的"守白艺术",历经磨砺,以现代的、唯美的方式,把民族与海派文化之花灿烂地绽放于世界眼前。

2014年

《步步高升》(重彩画)李守白　　《光辉岁月》(重彩画)李守白

洪健：春水向东，回望"上海故事"

洪健，毕业于上海大学美术学院中国画系。一级美术师，现任上海中国画院画师、上海中国画院美术馆主任、中国美术家协会会员、上海市美术家协会理事、中国画艺委会委员。2022年，静安区美术家协会成立，洪健担任主席。

洪健

2024年春，我造访了上海中国画院洪健的画室。一间并不大的画室，铺满了洪健的书、草图。

洪健常用来作画的案头后有一扇窗，但被附近的居民楼阻挡了视野。就在这样一扇看不见风景的窗背后，洪健创作了一幅幅展现上海老建筑、上海街道、上海气质的绘画"风景"。侧墙上挂了一块简易的画板，"大幅的作品就在墙上绘"。洪健所有让公众熟识、获得国内外关注的"上海故事"都从这个小小的画室完成、起航。

洪健的生活，除了上海中国画院美术馆的展览工作外，日

《长乐路》 洪健

复一日地待在画室。生于1967年的他，眷恋上海的每一条弄堂，每一个历史建筑的门头、屋顶、细节。每个窗户后面都是一个故事，你永远不知道每天有哪些故事发生。这是上海的传奇性。他画面中的灰调，是他心中的上海人的特质，不高调，有沉淀。曾在静安工作近二十年的岁月又让他对这片区域多了一份滤镜与情怀。他的画笔下，苏州河、浙江路桥、上海总商会、四行仓库都展现了一种本土视角的情绪与表达。

能谈谈您与静安的渊源吗？

洪健：我人生的第一份工作是在静安。1991年，我进入上海人民美术出版社工作，后又调到上海画报社。两家出版社都在静安区长乐路672弄的出版大院，一待就是17年。我担任了很长时间古陶瓷画册的编辑，那个年代的编辑，美术、装帧、摄影等都有所涉猎。编辑是杂家，这些涉猎对审美是有帮助的。

同时，大院里有许多老编辑，发生过许多故事。当时一本风靡全国的著作《渴望生活——凡·高传》的责编就是我们出版社的编辑。那个年代，老编辑对小编辑其实是有传承带教的。退休前，我得到了这位老编辑坐了一辈子的民国时代的古董椅。当时的美术编辑可谓是卧虎藏龙，许多老编辑是中央美院毕业的，有些也是画家，会和我们一同聊生活，聊美术，聊业务。

《春水向东·苏河》 洪健

《四行仓库》 作品草图

洪健画室的草图

上海人民美术出版社作为新中国在上海这座城市成立的第一个专业美术出版社，曾经集结了一大批优秀的艺术家。程十发、张乐平、贺友直等家喻户晓的画家作品都经上海人民美术出版社出版，走向千家万户。

许多闻名遐迩的大牌摄影家都从《上海画报》起步，它汇集了当时最聪明、最有观察力的一群人。靳宏伟、尔冬强、郑宪章等著名摄影人也都从此涌现。摄影、美术虽分属不同领域，但艺术是触类旁通的。我也经常从摄影家的视角去了解更多的创作角度与理念。

近20年在静安的编辑生涯带给我的滋养是巨大的。直到2009年进入中国画院工作，我依然还能记得长乐路周遭的弄堂生活，很有市民气息，也蛮有趣味的。

您的"春水向东"系列画了苏州河沿岸的许多建筑，且是用国画的手法。您是从什么时候开始以国画形式创作上海老建筑的？

洪健：中国画的学习一般从人物花鸟开始，我也是。2006年，我开始尝试用国画中工笔画融合设计，叠加西方绘画语言的手法表现上海老建筑，获得了各方的好评。

对上海老建筑用国画绘画形式的探索不久后就获得了外界的肯定。2009年，聚焦杨树浦水厂的作品获得了白玉兰美术奖、全国美展银奖。还画了永不拓宽的道路系列，柯灵旧居是这个系列的第一幅。

后续画了"春水向东"系列。小时候我们读书时,写生经常就在苏州河旁。当时的苏州河有许多船只与船民,河面上有许多丰富的画面与生活。河两旁各色形态的建筑,我印象蛮深刻的。当然现在这些都不复存在了。"春水向东"这个系列的名字取自我小时候看的一部电影《一江春水向东流》。

我曾有一个亲戚住在浙江路桥附近,所以我画了浙江路桥。浙江路桥与外白渡桥有着近似的结构,是凝结着上海人情怀的一座桥。画四行仓库则是纪念上海抗战胜利的主题创作。共画了两幅,一幅被上海中国画院收藏,一幅被四行仓库纪念馆收藏。

您的画面色彩里有很浓重的灰色调,是刻意为之吗?

洪健:灰色是我对上海、我的家乡的感受。画面中的调子都偏灰,我认为灰色更代表上海人的精神内在,不高调,有沉淀。

"上海故事"系列里,上海像电影一般,你可以想象每天每扇窗户里有哪些故事在发生,我的作品完全是上海人的角度,是一种抒怀,是对已经逝去的成长岁月的一种回顾。

在这些老建筑的创作中,我也有意加入了一些现代建筑的元素。比如邮政总局大楼,它的后方画了一些现代建筑,产生了戏剧性的对比。

从您的一些当代作品也能看出您对传统与现代、新旧传承的思考。

洪健：除了"上海故事"系列，我一直在做的还有"向经典致敬"系列。有一幅向宋徽宗赵佶致敬的作品《瑞鹤图》，画的便是中国的仙鹤与法国的咖啡、可颂。是对传统与现代的思考。

当时，我和一位画家朋友在法国卢浮宫旁的百年咖啡店café verlet一起喝咖啡，我们很认真深入地聊了很多艺术创作的观点，我认为在当今这个时代，还能够探讨艺术本身是非常可贵的，所以才有了这样一幅当代的作品《瑞鹤图》，传统与当代的传承，经典与现代的碰撞。

在"向经典致敬"系列里，我还致敬过波提切利的《维纳斯的诞生》，但背景换成了现代都市的脚手架，也是体现了我个人对传统及现代的思考。

可否聊聊您对海派绘画以及静安苏河湾艺术人文环境的一些看法与建议。

洪健：我赞同程十发的观点，吸收是海派最大的特点。上海对各地的美术绘画都有包容度，且能进行本土化融合，因为海派结合了各地文化优秀的地方，因此它更有魅力，更有吸引力。

苏河湾同样是包容的，它有先天的优势孕育艺术。河流可以带来蓬勃生机。我们去看德国、法国沿河两岸诞生的许多艺术产业，再来看静安苏河湾沿岸，有老工业厂房，有独特的生命力，这些厂房经过改造必对艺术的发展形成巨大的力量。城市建设需要艺术，苏河湾沿河发展的艺术空间很大。

2024年

洪健画室1　　　　　　　　　洪健画室2

吴林田：知止

深秋，因工作拜访了吴林田老师。他位于南苏州路的工作室，布置清雅，落地窗可见苏州河和大悦城的摩天轮。河对岸再过去几十米就是四行仓库，大半个世纪前，谢晋元那场著名的战役就发生在此处。

我和吴老师十年未见了，年轻的时候觉得十年漫长得像是一生一世，其实，也就一瞬间。

十年前，我所供职的报社请了吴老师兼任美术编辑。每周排版时，这位大画家便遛达至排版室。工作毕，一般闲聊这

吴林田

《山居图》 大壶

周去了什么青山绿水的好地方,吃了什么有意思的吃食,最近在做画册,碰到什么怪人……吴老师还喜欢聊星座。作为天蝎座,他和同为天蝎座的毕加索惺惺相惜,却对摩羯座臣服得不得了,"毕加索也不得不服马蒂斯"。

吴老师一次去了四川一冷门地广元,抱怨那儿的所有吃食都是豆腐,在当地吃了好几顿的豆腐宴。"你都不知道当地人能把豆腐做出多少种菜!"

而我2008年汶川地震时去过广元,当时灾后无甚招待,吃的也是豆腐宴。忍不住也与他谈起了豆腐,吴老师意味深长地说:"你果然是去过那儿的。"——天蝎座的怀疑精神可见一斑。

吴老师当时画国画,形神颇有八大山人意味。据说也写诗,文采风流。

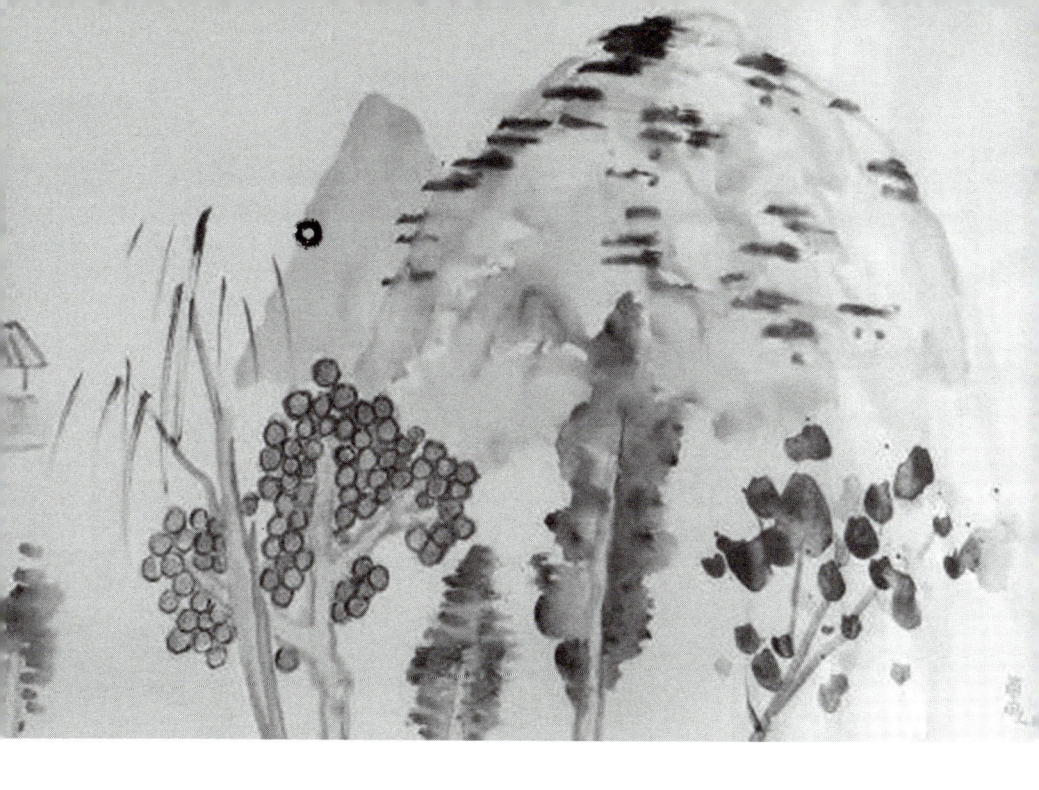

当时我从法学院毕业，刚开始做文化新闻不久，只算个爱逛展的文艺小清新。吴老师算是我最早的美学扫盲老师。每一次做版，也是教学相长。每次闲聊，针砭时弊也不乏自嘲，非常有幽默感。十年前，一个职业艺术家，是你的美术编辑，这种配置以后也不可能再有——当时只道是寻常。

两年后，报社兼并，吴老师重新回他的工作室画画去了。这十年他时有艺术评论见诸报端，也办了好几次个展。十年来出了两本书，《荡漾时代》《知止集》 我极客观地评价：相当精彩。为人，他含蓄克制、点到为止，谈到艺术，他绝不客气。

他和我说："人不能太忙，太忙就会离智慧远去；人要有发呆的时间，看植物生长的时间，务虚的时间，浪费的时间——这些时间不能省，甚至比看书的时间都重要。他们老是

《陌上访友》 大壶

要碰面,谈来谈去到最后还是生意,他们听不进你在说什么,他们只对里面蕴含的机会感兴趣。他们要见面,顺便想证明自己是聪明的、正确的、漂亮的、潇洒的……理应记得,只有无意义的意义可能会有些意义。"

这十年他没有任何单位,作为独立画家获得了相对财富自由的生活,因而精神也是自由的。他每天依然选择花五个小时时间在航头镇远郊的画室画画,远离觥筹交错。近年他开始转向抽象艺术、综合材料。新的一批粉色系画作,线条极简,却

极富意味。

  临走时，他送我一个龙泉青瓷小花瓶，温润如玉，他与我说，丹妮，做人生活要简单，思考要复杂。吴老师生于20世纪60年代末70年代初，那确实是个荡漾的年代。如今时代的走向我已经无法判定，十年后，我亦中年，倒是越来越清楚他第二本书的那个书名：知止。

2021年

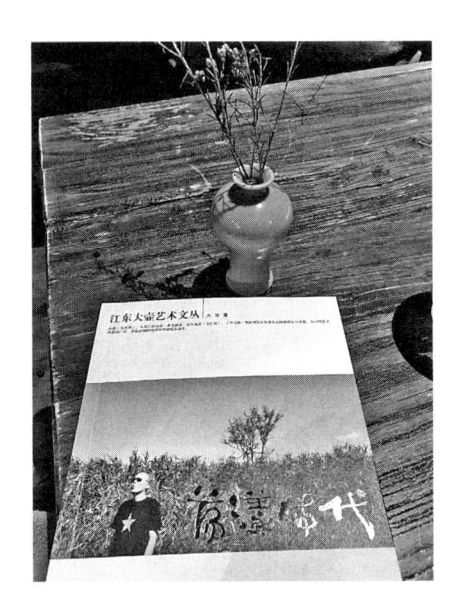

龙泉青瓷与《荡漾时代》

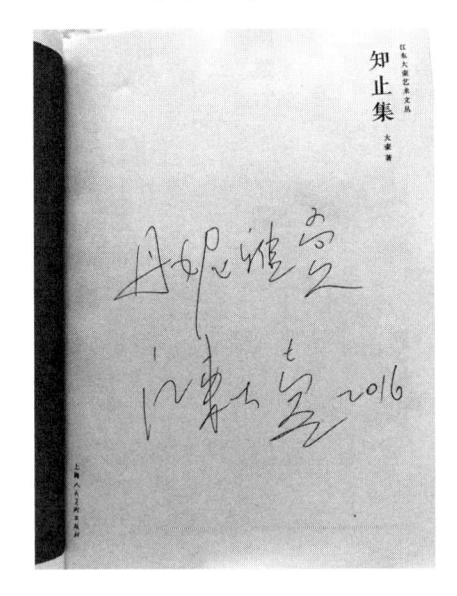

吴林田题签

学院"逆子"王颉

人体绘画不见人,存留的是空空的模特台和衬布。这是王颉"消失肉体,只画衣装"尝试的开始。中西方传统经典作品中的人物也难逃他的"毒手"。他将"蒙娜丽莎"画了一张纯裸体的,之后又画了一张没有肉体只有衣装的,中国古代名画《簪花仕女图》同样如此,一幅九米长裸体的《簪花仕女图》和一幅五米长的只有衣装、姿势而空无一人的《簪花仕女图》,他用人体解构了中国的传统经典,又用飘舞的衣装解构了西方美学和学院教育。

王颉的成名作是《少年心气》。自2002年该系列在德国首次推广,他的路途便一路平坦,其后《虚迷》系列在中国台湾及东南亚市场都获得了极高的评价与反响。

"空壳"时代

2002—2005年于德国推广的"少年心气",面貌模糊的少先队员与老照片质感的画面营造了一种奇异的反传统视觉,让西方世界极感兴趣。他说"少年心气"画的是他幼时对世界的感受,自少年时代起,他便对时间、空间有了极大的关注,"小时候想过学习电影,我觉得流动的画面能表现时间感,但逐渐发现，绘画更能深层次表达时间和空间感，更丰富也更沉潜"。于是少年王颉以第一名成绩考入中央美院附中学习，其后又以附中专业第一名的成绩考入中央美院油画系，开始其漫长的学院生活。

王颉在美院念书的日子并不算传统意义上的"学院派"，"美院的教学模式基本沿袭的是苏联体系，头像、人体的重复写生"。这让王颉感到厌倦，大部分美院学生出来的作品都如出一辙，题材也很局限。王颉试着寻求自己的表现手法，"我们的学院美术理论从西方承袭，而西方传统美术史大都是人体与风景的描摹。而当时国内都风靡于画大头大脸大眼睛，我并不满足与对既有的承袭，更不愿跟随流行的样式"。此时，王颉最负盛名的"虚迷"系列开始有了雏形。他把人隐去，突出了衣装，服饰清晰，而人的肉体消失在画面中，"借此表达时代的空虚感与物质感，我一直觉得，这是个只能让人记住空壳的时代，我用消逝的肉体来隐喻了这一切"。

"比如人们会面时关注打量的是对方的衣装、外形、配饰，而在彼此眼中真实存在的人却往往是空洞的、模糊的和不存在的，以至于在不久的哪一天，我们才突然意识到关于对方身体的任何特征根本就没有启动我们的记忆程序，倒是他的一件漆皮外衣、一枚闪烁的水晶饰物或是染了色的烫发成为了他的符号象征，让我们报以更多的关注和持久的印象。"

"虚迷"系列通过只有服饰没有人的画面传达：这个时代，我们从里到外被前所未有地掏空了，在越来越千奇百变的衣装

《千年时间》(油画) 王颉

配饰之下，会不会是一具空洞无物、日渐萎缩的皮囊，千篇一律的身体变得可有可无，变得让人视而不见。

看不见的艺术市场

王颉的"虚迷"系列在海外市场获得空前好评，他把这归结为西方市场对中国极大的关注度，"我们近100年发生的变动或许是他们的世界几百年才会发生的"。王颉以及王颉们这一批70后艺术家将时代思辨寄情于作品中，并获得了海内外藏家的认可。这对他们来说，可能是最好的时代。

"我在创作的初期压根没有考虑过市场反响，是相当任性的，只想把创意体现在作品中。"而时代却给了王颉最好的馈赠。他的作品入选2007上海艺术博览会国际当代艺术展，2008伦敦弗利兹艺术博览会和新加坡国际艺术博览会，2010北京国际画廊博览会，2011台北国际艺术博览会，2012艺术北京博览会，藏家遍布东南亚、中国台湾、印尼、德国及中国大陆地区。自2010年起王颉的作品连续5次在北京永乐拍卖和香港佳士得拍卖会上以高价拍出，至今保持了100%的拍卖成交记录。

他依然不肯屈从"市场"，"市场这个东西如果跟着它走的话，你会变得很被动"。美术其实和摇滚乐有共通处，他打了个比方，"20世纪八九十年代是摇滚乐最好的时代，却是商业的低迷期，那时做摇滚乐都不卖钱，你看崔健、何勇，并不是想着用摇滚来挣钱，但那是最出作品的时代"。而在他本科行将毕业的2002年，被他形容为美术的好时代、商业的低迷期，那时北京的画廊挨个数过来才一二家，他和他的同学们并不知道要怎么办，那时的创作却极其活跃。

于是就在2002年，包括王颉在内的中央美院一群毕业生组成了一个草台班子性质的美术团体"N12"。王颉形容N12是因为大家都没有签画廊，于是这群中学时代便集结在一块儿的同学自发地在一起做推广。"当时办了一场比较理想主义的展，展览的命题自主，只展示不售卖，我们自己做策展人、组织者。"王颉很庆幸当时的N12没有画廊及机构的商业参与，保持了绝对自由的创作状态。

2003年至2006年，N12一共做了四个展览。从最初学校内办展直到在美术馆办展，N12在业界的影响力越来越大。其后却戛然而止，王颉说如今大家都签了不同的画廊，市场也逐渐成熟了起来，"如今北京的各种艺术机构都很多，大家都有不同方式的合作，N12的历史使命应该是宣告完成了"。2013年N12成立10周年，王颉和他的同学们将在北京举办一场回顾展，届时N12成员将再次聚首。王颉形容他们那个年代的油画系学生，出来时便没有市场的概念，不知道怎么迎合，于是相对单纯地创作，这种情况下反而是市场主动选择了他们。

王颉的好友在一篇评论文章里如此评价他：从当代艺术教育和艺术生态现状的角度看，王颉的挑战更是彻底的、激烈的。中国的当代艺术是脸的艺术，肉体的艺术，艺术教育虽根源于欧洲传统学院艺术，但具体的教学模式却因1949年后历史和政治的原因而照搬复制苏联美术学院现实主义写实绘画教学。学院训练内容就是头像写生、半身像写生、着衣全身像写生、人体写生、双人体写生这些课程的反复训练。事实上,在美术学院为社会培养优秀的学院派艺术家的同时,几乎每一个时期都不乏它的"逆子",用他们的胆识和才华挑战这种"僵化"的教学模式。

2012年

《少年心气》1(油画)王颉　　　《少年心气》2(油画)王颉

中国第一代陶瓷经纪人熊景兰的陶瓷之路

熊景兰，当代陶瓷艺术的策展人，中国第一代陶瓷经纪人，上海"璟通艺坊"创始人、艺术总监，现当代陶瓷文化艺术领军人物。

她出生于江西景德镇，先后在景德镇陶瓷艺术学院及北京中央工艺美术院学习。现为中国高级工艺美术师，师从中国工艺美术大师张松茂学习陶瓷艺术，并得到瓷艺泰斗王锡良的指导，所创作的多件作品被国内外陶瓷界知名人士收藏。

2004年，熊景兰开始先后创办了上海璟通艺术品有限公司、上海璟通坊艺术设计有限公司及上海璟通文化传播有限公司，打造"璟通艺坊"品牌。位于黄陂南路的瓷器博物馆"璟通艺坊"收集了国内众多陶瓷名家的扛鼎之作。

她以中国瓷器百年为收藏主题，将传统陶艺结合当代艺术，所签约的陶瓷艺术家遍布中央美院、清华美院等知名艺术院校。其藏品也获得了嘉德中国的指定拍卖，其中，和平世博玉兰瓶入驻中国2010年上海世博会联合国馆贵宾厅展示，京剧脸谱圆满瓶曾成为当年的APEC礼品。

熊景兰女士担任第六届进博会艺术精品专区主策展人

梳理了中国陶瓷的脉络

中国瓷器有几千年的发展历史,但到了近当代,基本是断代的,现在的公立博物馆在近一百年的陶瓷展品极度稀缺。于是熊景兰便力图呈现中国瓷器百年的概念。

除历史藏品外,熊景兰还签约了一些当代艺术家。他们把传统文人画陶瓷与当代艺术结合在了一起。近年来,陆续推出不少以当代陶瓷传承创新为主题的陶瓷精品展,如张松茂、白明、白磊、熊开波等。她以精准的眼光成为艺术家的伯乐。收藏的张松茂的瓷板画《三顾茅庐》是他20世纪80年代在轻工部陶研所工作时的作品,张松茂说,这是他一生中最为得意的作品之一。虽然自唐宋始,文士阶层这一精英文化的审美一直影响着中国陶瓷的主流形态。但文士阶层极少直接进行陶瓷艺术创作，而是用他们的审美影响工匠的制作。真正由艺术家投身陶瓷艺术创作，只不过短短几十年的时间。相对于千年陶瓷历史，这一陶瓷艺术形态还属于新生儿阶段。

熊景兰认为，作为艺术品经纪人，要懂市场走脉，也要懂艺术家。懂得作品好坏非常重要。"我过去也是陶艺艺术家，从20世纪80年代开始接触中国瓷器出口的工作，在艺术家和经济人的身份上找到了平衡点。"从艺术家到艺术品经纪人，熊景兰说："对我来说，一辈子只想做好一件事，做好当代陶瓷的艺术传承。"

第一个画廊式的陶瓷策展人

最早以画廊机制来推动中国现当代陶瓷艺术的重要机构就是璟通艺坊，在艺术品市场还不太关注现当代陶瓷艺术的时候，熊景兰就已经开始着力推介张松茂、周国桢、王锡良等老一辈景德镇陶瓷艺术大师们的作品。在获得显著成效后，又果断将视角转移到中青年学院派陶艺家身上，成功推出了白磊、白明、刘正、张国君、熊开波等陶艺家。同时，聚焦于原来非陶瓷领域的艺术家对陶瓷艺术创作的新探索。

2014年，璟通联合纽约现当代艺术研究会、德国劳森伯格艺术空间共同主办的"惜之如土"国际陶瓷艺术展，更让国际视域的创意设计为中国当代陶瓷注入了创新的国际符号。

熊景兰说，绘画与瓷器本是两个不相干的艺术种类，但景德镇的青花、粉彩和瓷器上那些精美的图案与绘画之间必然是有关联的,"艺术瓷器除了形的艺术化与工业技艺的突破,为什么不能与纯粹的绘画融合而获得绘画性与艺术性质的飞跃?"

熊景兰的梦是为艺术陶瓷的发展创造出新的发展模式,让中国陶瓷再次走入世界视野。

立足陶瓷　寻找艺术与生活、社会的结合

璟通曾推出一个以慢生活为主题的器具展"此(瓷)情可待",这个器具展进行许多生活场景的展示。以香具、茶具、文房具等营造一个慢生活的氛围。

与以往的陶瓷邀请展不同,这是一个与人们生活相关的展览。反观如今"井喷"式的生活方式,造成人们急功近利的生存状态,熊景兰希望慢生活能从人的生活器具开始。陶瓷也要回归生活本身,艺术与生活要恰到好处地结合。

"陶瓷是非常中国的东西,而现当代陶瓷又同样具有国际视野,这更利于世界来反观中国,让国际认可中国文化的特点,重新认识中国文化。陶瓷和青铜器一样都是很古朴的,是在时间中流淌的很慢的艺术,在越来越快速的现代生活中,希望用陶瓷展现中国源远流长的千年文化。"

2014年

上海静安雕塑公园"瓷·赋"——中国当代陶瓷艺术展

郭一江：用底片给"世界记忆"一个交代

"中国境内最后的慰安妇"摄影展举办前几天，郭一江进入了最后的冲刺：搭展架，选成片，看场地……虽然每时每刻都有体力透支的感觉，但是强烈的愿望支撑着他继续下去。

郭一江，文汇报摄影记者、专刊部副主任。中国摄影家协会会员、中国新闻摄影学会会员、上海市摄影家协会理事、上海新闻摄影学会理事。其作品多次在全国和上海市获得各类奖项。

2014年郭一江花了整整大半年时间，四处奔波，为当时大陆境内仅存的24位慰安妇制度受害者留下了200多幅肖像。"展览必须要办起来，'世界记忆'不能被忘记，我们要给历史一个交代。"

"我去拍这些照片的时候，每个老人都会抓着我的手说同一句话，谢谢你们来，你们下次来，就看不到我了。"说完之后，郭一江面色凝重，陷入了一段小小的沉默。"这是人类历史上最残酷暴戾的一幕，我们要铭记历史，避免重演。"20世纪90年代，大陆境内健在的、愿意站出来指控日军暴行的受害者尚有100多人，2014年，仅存24人，而就在郭一江准备展览的这段时间里，又有4名老人撒手人寰，只剩20名。"时间会带走一个人的生命,但是抹不平一段历史。"

一个葬礼引发的寻访

2014年4月18日,郭一江跟随其20多年的老友、中国慰安妇问题研究中心主任苏智良教授去山西农村参加了李秀梅的葬礼。她是中国首批赴日控诉日军暴行的四位老人之一。

"现场的那种氛围非常压抑,刚开始的时候,我只是抱着留点影像资料的目的去。"郭一江描述道,"可是拍着拍着,有种感觉会压得你喘不过气来。目前这批老人的平均年龄都快90岁。李秀梅去世,还有20多名老人可以出来作证,那么若干年后,她们都去世了,该怎么办呢?我是个摄影记者,我能为这件事做到的,也就是用镜头告诉大家真相了。"

2014年6月12日,联合国教科文组织受理中方提交的"南京大屠杀"和"日军强征慰安妇"历史档案申报《世界记忆名录》。在此之前,郭一江与报社领导讨论后,到广西、山西、海南、黑龙江、湖北等地寻访这些暴行受害老人。

寻访之路艰难异常,虽然当地的志愿者给予了很大的支持和配合,可是这么多年了,很多老人的住地发生了变化,有的甚至是连导航仪都无法识别的地方。按照记录的老人名字找上门去,发现只是同名,却是不同的人,这种情况时有发生。历经千辛万苦,24名老人最终都被找到。"因为怀揣着这样一个信念,所以能够支撑到最后。"郭一江说道。

与这些眼神对视需要勇气

在世的老人大多生活在农村,因为年岁已高或者疾病缠身,很多人已经无法正常行动。经历了那场劫难之后,有些老人失去了生育能力,领养了孩子陪伴残生;有些老人后来嫁为人妇,可是那段历史刻心锉骨,令她们不堪回首。

每次拍摄的时候,都需要清场,留一名女性志愿者和报社文字记者与老人聊家常。郭一江小心翼翼地打开镜头,捕捉老人的神态与表情,尽量不打扰到她们:"全程都用现场光,没用过一次闪光灯。一边听老人讲述历史,一边给她们拍照片,心情非常沉重。有几张照片,老人是看着镜头的,当我和她们通过镜头对视的时候,有种心被撕碎的感觉。"郭一江给记者看了几幅照片,照片上,老人在痛哭,但是没有眼泪。"或许这些年来,她们的眼泪已经流干。"

经济方面的问题对老人来说不是最大的困难,她们有子女的奉养或政府、慈善机构的接济。最令她们感到难以接受的是,自己明明是战争的受害者,周遭的人却把她们圈进了"另一族"。

韦绍兰老太太当年的慰安所是在村那一头的炮楼里,有些社会组织来找她,希望能带他们去那里实地考察,但她不愿再去。

山西的老太太张先兔平日走路总是低着头,活在风言风语里几十年了,她不再有勇气抬头看人的脸。在被强加的屈辱面前，她选择了妥协。

郭一江无法忘记一个场景，老太太何玉珍一人坐在一张破烂的床上，房间阴暗，没有采光。床的另一隅，一只母鸡正在孵化小鸡。这是唯一陪伴她的活物。

……

每次采访结束，郭一江和文字记者在回城的途中，都沉默不语。2014年5月19日，郭一江与他的采访小组去海南苗族看望唯一的苗族幸存者邓玉民老人。一个月后，就在报道刊出的那天，邓玉民离开了人世，没有看到关于自己的报道。

留住不能忘却的记忆

根据中国慰安妇问题研究中心提供的数据，"二战"期间，有约40万亚洲女性沦为日军的"慰安妇"，其中包括逾20万的中国妇女，遭受了非人的摧残。20世纪90年代以来，中国大陆陆续有100多位受害幸存老人勇敢地站出来，揭露日军的暴行，向日本政府提出诉讼。如今她们都年事已高，贫病缠身，在生命的最后时刻仍在进行着抗争。至今，中国大陆境内依然健在的幸存者只有20人，台湾地区也仅剩4人在世。虽然此前的诉讼都以失败而告终，但是她们的努力从未停止过。

据郭一江介绍，摄影展在上海举行10天后，会进行各地巡展。

而在申请《世界记忆名录》方面，中国慰安妇问题研究中心主任苏智良教授透露，10月上旬，联合国教科文组织宣布南京大屠杀申报《世界记忆名录》成功。"慰安妇历史档案"因多方原因虽然没有申请成功,但联合国肯定了材料的真实性,并建议我国与其他受害国共同申报。

2015年

郭一江摄影作品《陈莲村》

郭一江摄影作品《邓玉民》

席子：城市游走记录者

席子（席闻雷），著名城市摄影师。2007年开始拍摄记录上海历史建筑和城市变迁等主题。2013年，他的第一个个人展览在黄浦区明复图书馆举办。

您以前是平面设计师，从2007年开始转投于摄影，专注于拍摄上海的建筑，这是基于什么样的原因？

席子：这次在明复图书馆的展览是我第一次做个人展览。作为上海人，其实上海东方明珠等旅游景点，我都没去过。作为城市的常住居民，很奇怪，家门口的东西反而很少去关注。我以前居住的那个老房子2000年拆掉了。现在回忆起来，竟没有拍过一张那个老房子的照片，很可惜。

很多人会跑去西藏或欧洲拍许多照片，但家门口的照片却很少拍。所以我选择拍上海的石库门。苏州河边上的河南路大桥，就是我最初拍的一个城市建筑。这些年拍下来，我觉得城市的变化非常之快，包括正在消逝的上海弄堂。在变化之前为建筑做留影，是非常有意思的事情。很多高楼景象已经消失了，还有我们小时候的厢房、天井、客堂间。

席子

千禧年后

您拍过哪些让你印象深刻的建筑?

席子:拍过很多石库门都是很有建筑特色的。我曾经拍过一个福州路上的建于20世纪初的老式旅馆。老式房子的楼梯非常陡峭,建筑的山花式样在当时来说更符合它的比例与审美要求,都很有记录下来的价值。

上海是非常独特的城市,城市建筑的质量相当丰富。比如石库门就蕴含着上海城市空间的特点。

在城市行走的时候是否会遇到一些预料之外的人与事?

席子:穿街走巷时也会遇到一些非常有意思的事,如今街头巷尾修鞋子、配钥匙的匠人越来越少,烟纸店、剃头店,一分钱一壶水的老虎灶都开始逐渐消失在我们的生活中。但我在不同时期不同的弄堂都碰上过一位戴"上海"牌棒球帽摆摊修锅子的老人。那些老式手工艺者和建筑都是上海过去的记忆。我也会走到一些居民的家中拍,居民们都很放心地让我进到家中拍摄。建筑与人,都是有关系的。

您对自己的身份如何定位?一个城市观察者,还是个摄影家?

席子作品1

席子作品2

席子作品3

席子作品4

人物

席子：我2007年正式开始拍照，1999年买了人生第一台数码相机，理光出品，35万像素。相比摄影师的身份，我更喜欢"城市记录者"这个说法，法语中有个单词flaneur就是指这个。法国有位摄影家Atget在他30年的摄影生涯里，基本只拍了一件东西：巴黎。世纪之交的巴黎，是一个变化非常迅速的地方。有点像现在的北京和上海。像他这样的摄影家就是在记录着城市。

我注意到你在拍建筑的同时，也拍了些老城厢的人和人文景观？

席子：摄影是个体化的东西。对我来说，艺术是手段，写实还是最主要的。人也是重要的要素，要表现建筑与人的关系。人和建筑的关系是很微妙的。

您的很多作品似乎都出自老城厢？

席子：老城厢比如老南市那里，它有法式建筑，也有英式建筑。老南市那里很多建筑形态都出乎意料，是个建筑形态混杂，很有惊喜的地方。我有时候一天不知道要拍什么，就会去老南市转转，总有所得。

2013年

席子作品5

席子作品6

人物

065

毛时安：朴素天真才是人生的通关密码

早在十七八年前，我就曾阅读过毛时安老师的评论文章，这些评论写得大气、真切，一些评论作品还常常被我作为采访前的资料学习。

多年来，毛老师依旧笔耕不辍，从未间断自己的创作。《秋天的天气是最可爱的》也在今年秋天与读者见面了。

这本书非常有意思的是毛老师小孙子写的代跋《外公，我最喜欢的人》。这篇跋写出了毛时安老师可爱而真切的一面："外公就是外公，一个慈祥的老人。我很小的时候，他陪我坐在地板上搭积木。当我搭成一座五彩缤纷的房子时，他像孩子一样大声地笑着。有时候还听我的指挥，从椅子下爬过去。在桌子下和我一起躲避外面的风雨……有一天我半夜醒来，看见外公在微弱的灯光下，拿着柔软的汗巾，在我额头擦汗。他小心翼翼，擦得很轻很轻，好像我是一件碰到就会碎的珍宝，眼睛里满是疼爱。"文末是毛老师小孙子7岁半画的成长树，一棵小树，揭示着人是如何长大的。

人，这也是这本书的基调。

《秋天的天气是最可爱的》是本散文随笔集，不是一本完全的文艺评论集，全书有极大的篇幅回溯了毛老师个人的成

《秋天的天气是最可爱的》

长与工作的经历,他生命中珍视的师友,这是一本极其关注"人"的书。来自一位年逾古稀的、长期在文化界工作的老人真实、毫无虚构也极其坦诚的回望。

他回忆故去的朋友们。写程乃珊,"程乃珊是个热情的人、是个喜欢热闹、醉心于生活品质的人。她家三楼客厅自然而然成了她身边那群人活动的沙龙……在沙沙的歌声交替着甜甜的琴声里,大家手持一杯咖啡,吃着老严特意从凯司令和上海咖啡馆买来的西式小点心。有说有笑,人像流星一样撞过来撞过去"。1984年2月《上海文学》发表了毛时安撰写的程乃珊小说的第一篇综合评论《独特的生活画卷——程乃珊小说漫议》,对程乃珊与毛时安都影响深远。

写赵长天,"他用一种近乎献身的精神,通过《萌芽》这份曾经哺育无数文学青年的杂志,通过举办标新立异的新概念文学大赛,为正处在困难转折期的文学燃起了一把熊熊大火……我们怀念长天,其实是在怀念一个'好人'。好人,当然不是没有弱点、缺点和过失的人,而是努力想按一种美好理想去充实生活的人"。

他写50多年前自己艰难的青年时期。1985年《解放日报》记者张文中采访毛时安的标题是《他从穷街来》,而毛时安正是在上海东北角的工人新村长大的。

"以前厂里的老同事在我微信里说我'心地很好'。我自己一辈子就想做个'心地好'的人。"毛老师说,他侠义肝胆,时常干些路见不平拔刀相助的事。作家李肇正去世,他不但写评论，而且为他主编了小说集《城市生活》，事后把主编费捐给家属。好友赵长天去世，他已离开作家协会，却不忘故友，从赵长天的大量遗稿中精心择取，选编了小说集《过渡年代的风景》；在繁忙工作的同时，不取分文地组稿、催稿、主编了怀念文集《仰望长天》。他感慨"年轻的时候心很大，直挂云帆济沧海，直到读到国画大师吴湖帆的一副对联：何以至今心愈小，只缘已往事皆非"。

书里也引用了已故的赵长天先生写的话，印在了书的封底：毛时安有点像个诗人，带着一份和这个年龄的文化人不相称的热情甚至可以说是天真。在这个时代，很多年轻人都老成世故，热情和天真成了稀有的品质，往深里想，实在有点可怕，我是希望多一点热情和天真的，社会因此才会具有活力。才会充满发展前进的动力。

书读完后，我给毛老师发去一段小感想，我说人生很难，要做个心地好的人。朴素天真的哲理或许才是浩瀚人生的通关密码，而这也是《秋天的天气是最可爱的》给读者们所传达的重要一部分。

2023年

殷健灵：时光里的回信

康定东路28号，一幢假三层老洋房，清水红砖外墙，西式尖顶，四面还有老虎窗，这里是静安区少年儿童图书馆所在地。在一面老虎窗的背后，就是静安区作家协会的办公地，《静·安》杂志编辑部，殷健灵和编辑们定期会来此处商谈编辑事宜、审稿。

"侬好呀！"她亲切地打招呼。穿着草绿色麻质连衣裙，一双橘色高跟鞋，殷健灵坐在这栋城堡般的编辑部，仿佛是她小说中的一个画面。

殷健灵总不老，也许是从事儿童文学创作的缘故，她身上有非常明显的"无龄感"，她的好友、著名广播人秦来来曾形容她："当年我认得伊是啥样子，现在还是啥样子。"

她不仅是脍炙人口的著名儿童文学作家，也是老牌副刊《新民晚报·夜光杯》的编辑。2021年5月，静安区作家协会成立，殷健灵担任主席。

童年时光里的老城厢记忆与弄堂生活

殷健灵幼时随父母去南京一大型工业区支援建设，周围生活的都是上海人，连学校都隶属于上海市教育局。节假日回到上海老城厢的外婆家成了殷健灵童年鲜活且幸福的记忆。

方浜中路与河南南路交叉口，南北货店、粮油店、烟纸店、老虎灶、中药厂……殷健灵说，这是个"五方杂处接地气的地方"。她外公外婆住的那条弄堂叫"马街"，她小时候的味觉记忆总离不开中药味，是因为路口有一个叫作"郁良心"的中药厂，小小的她总以为那里叫"月亮星"。

童年的她极受外公外婆的宠爱，外公常去食品店给她买蜂皇浆巧克力，去点心店给她买小馄饨。外婆每天变着花样给她做点心吃，红薯汤、赤豆羹、煮玉米、白糖番茄、绿豆百合汤、红枣银耳羹、煮荸荠、盐水毛豆、糖炒栗子……而她印象最深的，是隔壁烟纸店柜台上放的透明罐子，里面装满了各式各样的蜜饯，她最喜欢的是话梅和桃板，以至于她小时候第一个人生理想，是长大后要当蜜饯柜台的营业员。

2013年，99岁高龄的外婆去世，殷健灵在散文集《爱——外婆和我》中回忆老城厢的童年时光，我喜欢弄堂里的夏天，特别有滋有味，在长腰形的木澡盆里洗了澡，搬一把竹椅子，拿一把小扇子坐在背阴的弄堂里乘凉，听邻居讲故事，说闲话，看形形色色来来往往的陌生人。穿堂风嗖嗖地吹过，那风里有海水的味道、黄浦江水的味道、法国梧桐树叶清香的味道，还有檀香皂的味道、淡淡的油烟味……当天色渐渐暗下来，街角的路灯亮了，就听外婆在屋里唤："吃晚饭啦……"

殷健灵

18岁那年夏天,打开文学大门的夏令营

高二时,殷健灵参加了上海《少年文艺》杂志社举办的"新芽"写作函授班,半年后,在一千多名学员中脱颖而出,成为七名获奖学员之一。升高三的那个暑假,《少年文艺》邀请她去上海参加获奖学员夏令营,考虑到即将到来的高考压力,殷健灵有些犹豫。母亲和她说,不要放弃任何一个来到面前的机会。

在殷健灵的年少回忆里,妈妈在物质不丰富的年代给了她近乎奢侈的阅读条件,因为"妈妈觉得,阅读是一所无边的学校","当时妈妈的月收入40多元,她花70元给我买了上中下册的《辞海》,为我订阅了当时最好的各种少年儿童报刊,其中就包括了上海《少年文艺》杂志"。

回头看,去《少年文艺》参加获奖学员夏令营改变了殷健灵的人生。在那次夏令营,这个从小看《木偶奇遇记》《安徒生童话》《格林童话》的小女孩第一次见到从前只在书上遇见的名字,任大星、秦文君、张成新……也认识了一群挚爱儿童文学、热衷培养新人的编辑老师。

殷健灵还记得第一次见到秦文君时的情形,"当时她三十多岁,穿一件浅蓝格子领口的泡泡纱短袖套头衬衫,那件衣服我也有,我印象特别深"。

在那个夏令营,她也遇到了文学启蒙恩师朱效文。朱效文是《少年文艺》的诗歌编辑,也是一位诗人、作家,他发现了殷健灵身上的诗歌潜质,鼓励她创作诗歌。在高三上半学期期中考试后的一个下午,她创作了人生中最初的三首诗歌寄给朱效文,很快收到录用的回信,回信中说,"这将是《少年文艺》历史上发表篇幅最长的中学生诗歌",信的最后写道,"太阳即将落下,我举着信奔向邮局"。

这句话犹如一盏灯,照亮了一个文学少女的未来。

那个夏天,文学的世界向她打开,多年以后,在她担任《夜光杯》编辑与静安区作家协会主席后,她依然希望能为普通的文学爱好者提供平台,就像当初朱效文老师对她这样一个普通中学生做的一样。

90年代在南京西路722号跳舞的小姑娘

21世纪初,30岁出头的殷健灵曾经担任《现代家庭》杂志主编,当时也是上海最年轻的主编。杂志社办公地址也从嵩山路搬迁到了南京西路、茂名北路口。

殷健灵还记得,20世纪90年代中期,刚刚参加工作不久,她的带教编辑老师经常和她一起去石门二路逛街。那时候,这条路上汇聚了各种各样的服装店。"我的师傅不仅教我业务,也给了我最初的时尚启蒙,我的穿衣风格受了她的影响。"

令她难忘的是南京西路722号,当时的上海市联谊俱乐部弹簧地板,留下了她的舞步。"那时候,20岁出头的年纪,常去那里跳舞。90年代跳舞是很普遍的社交活动,这股风潮似乎又回来了,现在很多年轻人去夜校学复古迪斯科。"殷健灵说。

南京西路722号是西班牙建筑大师阿韦拉多·拉富恩特留

给上海的建筑精品。这里原是上海巨贾、著名爱国人士叶澄衷之子叶贻铨的私宅。建筑楼层内设有舞厅、小剧场、酒吧、餐厅等。舞厅地板是考究的弹簧地板，室内采用柚木墙裙。底层走道设置哥特式平顶，镶嵌工艺精湛的彩色玻璃。后叶将其出售给上海犹太人总会。

1947年，这里被美国海军俱乐部驻扎。1948年9月，上海犹太人总会把南京西路722号的房产出卖给"联记"，即上海庆丰、永安等六家纺织厂所共有，在大门口曾挂出棉纺织业同业公会的招牌。1961年，该建筑由上海市纺织管理局接管，曾作为上海市政协办公大楼、上海市联谊俱乐部。

20世纪90年代，不少文化界人士在这里留下了翩翩舞姿。其中，就有殷健灵。联谊俱乐部的弹簧地板、大光明电影院的电影，甚至黄河路繁华的夜生活，都成了后来在南京西路工作的她难以抹去的青春回忆。

从《纸人》到《野芒坡》，用儿童文学观照现实

从18岁那个夏令营误打误撞地"撞入文坛"，如今，殷健灵已著作等身。在她看来，《纸人》和《野芒坡》是其最重要的两部代表作。

《纸人》被誉为中国第一部真正意义上的成长小说。在青少年读者，尤其少女读者群体引起了强烈的反响。殷健灵说："因为这部小说，收到了许多女孩子的来信，她们愿意将许多心里的话，甚至都没有告诉过父母的话告诉我，觉得我能懂。"

《纸人》创作于1999年,多次再版,获得小读者们的喜爱。

《野芒坡》关注到中国近现代史上独特所在"土山湾孤儿院",她花了多年的时间来调阅土山湾孤儿院的所有资料。土山湾孤儿院内创办了学校和各类工场,由中外传教士共同传授了西画、音乐、木雕、泥塑、印刷、照相、冶铁、木工、彩绘玻璃等技艺。仅在绘画领域,就曾出现过徐悲鸿、刘海粟、张伯年、张充仁、徐咏青等大家。她也实地多次去了徐家汇曾经的土山湾原址。在充足的现实调研下,一个虚构的"野芒坡"以及一个叫作"幼安"的男孩形象在她脑海中构建,在这部小说里,她探索着一百多年前特殊时代平凡人物的命运,不同文化的相遇,以虚构观照着现实。"我写不了完全架空的小说,在我的观念里,读者与作品有共情、共鸣是要有现实的链接的。"

早年的记者生涯让殷健灵关注到社会的方方面面。小说《帆》关注到了新西兰的华人劳工。2017年秋天,殷健灵去新西兰一个写作中心待了两个月。这两个月不仅让她从业来第一次有了全职写作的时光,也让她在新西兰图书馆里对当地的亲子阅读有了新的认识。"在一个小书店里,我看到这样一句话:The best app is your lap。亲子阅读最重要的是家长带孩子共同阅读,而不是给小朋友一个手机。"殷健灵认为,作为一个儿童文学写作者需要"尊重儿童,追求艺术"。"我听过的关于快乐和幸福最精辟的阐释是一些幼儿园大班的孩子告诉我的,他们说:快乐是一桶浅浅的水,幸福是一口深深的井;快乐是嘴巴在笑,幸福是心在笑。"在她看来,优秀的儿童文学作家是

殷健灵在《静·安》
编辑部

静安区少年儿童图书馆

天生的,他们多半是"面对复杂,心怀欢喜的人"。

殷健灵的小说新作《少年仰起他的脸》同样关注现实,小说将关怀之手伸向一个患有家族遗传病症的少年,在历经成长的阵痛、艺术的洗礼、亲友的善意后收获了赞美与幸福。这本书将在今年的上海书展与公众见面。

为写作者提供平台,让更多人被"看见"

正如当年的一个夏令营,让殷健灵被许多文坛前辈看见。自殷健灵担任静安区作家协会主席以来,她和团队一直致力于为写作者提供平台,让普通文字工作者被更多人看见,同时,培养后辈年轻力量。

《静·安》从2021年9月诞生至今已出版了11期,在业界取得了极佳的口碑。"我们在刊物的设计、排版、文章图片的选取都很精心,执行主编杨晓晖退休前曾担任《新民晚报》《夜光杯》的编辑,也是一位作家,小说编辑吴越是《收获》杂志的编辑,诗歌编辑程庸是诗人,散文编辑路明是大学教师、作家,美术编辑董春洁是很有经验的视觉设计师,刊名题字是莫言。"《静·安》聚集了一群一流的志同道合的文字工作者,他们有时在线上"云办公",定期汇聚在城堡一般的静安区儿童图书馆的编辑部里,审稿、校对、评刊。每季一期,一年四期,三年来,以文学的角度关注静安城市建筑、风土人情、街区历史、生活冷暖,同时还为爱好文学的青少年提供了展示的平台,《静·安》的"习作"栏目与静安区内的学校携手合作，为孩子们的文字化成铅字带来了可能。就如当年《少年文艺》向殷健灵抛出的橄榄枝。

上海市作家协会副主席、静安区文学艺术界联合会主席赵丽宏曾这样评价《静·安》杂志：这本杂志虽是内刊，但在作品质量、装帧设计、栏目编排、风格格调方面，不逊色于中国任何一个地方正式发行的文学刊物。

"我们还有一月一期的静安讲坛，由静安区作协副主席孔明珠和周嘉宁领衔策划，请作家与公众面对面。另外，还举办一年一度的青少年文学夏令营，邀请作家和编辑担任导师，提升青少年的文学素养和写作能力，这项工作由副主席简平和姚伟国老师牵头。区作协的运作依托于静安区图书馆，他们扎实有效的工作是我们强有力的后盾。去年，在静安区文化和旅游局的支持下，首届《静·安》文学奖评选出7类奖项12篇获奖作品，获得了社会各界的关注。这也是首个区级层面设立的文学奖。"

如果说，殷健灵在《纸人》中刻画的少女形象为成长中的孩子提供了理解、陪伴和引领，那么，现在的她正以赤诚之心为更多孩子与年轻人开启了文学的窗：太阳即将落下，她为一个又一个文学后继者写了回信，在时光的跑道上，举着信奔向了邮局。而其中或许也有给年少的她自己的回信。

简平：共同度过

蓝黄白相间，简平特意要求出版社编辑设计了新书的书封。上书一段长句：万家灯火，喜怒哀乐，一切犹如昼夜更替复始，却又缓缓前行。一天一天的日子，因为我们共同度过，彼此见证，所以感同身受。

2023年5月，静安区作家协会副主席、作家简平携新书《承蒙关照》《最后一只蝴蝶》在常德路千彩书坊举办了读者见面会。

"简平编年体散文随笔集"包括上卷《承蒙关照》和下卷《最后一只蝴蝶》，写作时间为2018年1月至2021年12月。以写作日期做编排，直观呈现了四年间的个人经历和社会生活，引起读者的共情与共鸣。在读者见面会上，简平还请来了他的老友陈子善先生。当天，与简平有着长期交往的陈子善先生说："简平对生活总是充满了信心，他关注生活，文字面宽，也很平和。"

书用的是编年体，简平解释道："编年体是一个很好的方式，因为写作时间注明到年月，而且按日期排序，这不仅很直观地展现了一个写作者的创作状态，更为重要的是能从中切实

简平

感受到我们共同经历的日子。"

40多年，他所见证的上海当代文学史

40多年来，简平与程乃珊、王镆、黄宗英、王智量等前辈都有着很深厚的交往。

40多年前，简平一边在房管所做木工，一边业余时间学习文学创作。因一位学长介绍，他结识了程乃珊。在他去程乃珊居所拜访后，程乃珊与他以师生相待，简平也把她看成了"班主任"。向程乃珊请教文学写作问题的日子，成了简平难忘的文学的午后。

"愚园路48弄，很深的弄堂，弄底是一家服装研究所，旁边有一幢三层楼的房子，那是女作家程乃珊的寓所。"漫长的岁月里，程乃珊给了简平无数的指导。他的第一篇儿童文学作品就经由程乃珊推荐发表在《文学少年》杂志上。当时简平正在程乃珊家中探访，程乃珊极力向到访的《文学少年》编辑推荐了简平："他是我的学生，也在写稿子，你们要跟他约约稿呀！"简平习作发表后，程乃珊高兴地在电话里和他说了大半天的话，"这真的比自己发表文章还要开心"。

在程乃珊逝世一周年后，简平策划出版了她三卷本典藏纪念版文集《上海故事》，以纪念他的"班主任"。

他的老师王镆当时是上海作家协会的办公室主任，家住巨鹿路。那时的王镆已经退休，但她停不下来。"她一条腿落下疾病，走路不便，但她就是凭着对文学事业的热爱与忠诚，迈

2023年5月,常德路千彩书坊简平新书发布会合影,嘉宾陈子善(左2)

着双腿，不知走了多少路，最后一一落实了上海作协以及《收获》《上海文学》《萌芽》在20世纪70年代的恢复与重生。"

2019年初，简平与著名表演艺术家、作家黄宗英的责任编辑彭新琪一起去文联大楼对面的华东医院看望了黄宗英。简平回忆道："在医院住了好多年，宗英老师已把病房当作自己的家了，鲜花、照片、玩具、小摆设，布置得漂漂亮亮。我曾问她最想在床头放哪张她的剧照，她毫不犹豫地回答说，《乌鸦与麻雀》。"

在他的牵线下，草鹭文化和华文出版社将推出珍藏版王智量译作《叶甫盖尼·奥涅金》，书中首次刊发莫斯塔拉夫·多布日茨基在1937年为纪念普希金逝世100周年时，为《叶甫盖尼·奥涅金》所绘的65幅版画插图。著名翻译家王智量先生从翻译到出版《叶甫盖尼·奥涅金》，历时近三十载。简平多次探望王智量先生及其夫人吴妹娟，促成了这部不朽译作珍藏版的问世。

斜杠人生：作家、制片人、记者

简平被外界戏称为是斜杠达人，他不仅是著名儿童文学作家，多次荣获陈伯吹儿童文学奖、冰心儿童图书奖等，也是上海广播电视台知名影视制片人，更是从业三十年的老新闻人。数次摘得中国广播电视新闻奖、中国广播电视报刊新闻奖、上海新闻奖、上海广播电视新闻奖等奖项。他参与制作的电影、电视剧作品《春天的马拉松》《男生贾里新传》《红苹果乐园》

《大波》《媳妇的美好时代》《回家的诱惑》等至今仍拥有不俗的口碑。影视剧作品分获中国电影华表奖、中国电视剧飞天奖、中国电视文艺星光奖等。

他珍视自己的记者身份,也感恩所处的时代,他认为记者这个职业让他深入到社会的方方面面,甚至在一定程度上塑造了自己。成为一名记者是他从小就有的理想,为此他付出了巨大的努力。简平说,他的人生座右铭是"现代新闻之父"普利策对新闻从业人员的要求——一个人应当具有批评的眼光、不满的精神和追求美好的愿望。

他悉心保留着浙江省宁海县岔路镇湖头村颁发的一张荣誉村民证书,他在宁海县前后驻扎两年半,调查报道宁海县制度创新工作,如今,该县这一制度创新工作被写入了关于乡村振兴战略的中央一号文件,并被认为是提供了中国社会基层民主政治的理想样本。简平潜心所作的通讯《这里只相信阳光》也摘得了"2018年度第二十七届上海新闻奖一等奖",并以此题材撰写了报告文学《权力清单:三十六条》。这成为他职业生涯珍视的一段里程碑式的回忆。

助推文学发展

2021年5月29日,静安区作家协会成立,简平担任静安区作协副主席,并兼任会员发展委员会主任。他希望给更多的文学新人以机会,共同谋划静安的文学发展。成立以来,作协给了许多文学写作者、文学爱好者、文学推广者交流与发表的机会，为更多人提供了写作平台。他表示："创作中除了要重视非虚构的题材，还要更多关注现实生活和百姓关心关切的问题。"

就像程乃珊当初所作的推荐促成了简平成为一名儿童文学作家，静安作协及其派生的静安讲坛、《静·安》杂志、《静·安》文学奖都凝聚了一批有影响力的上海作家，更催生了一群杰出的文学新人。简平表示，静安区作家协会也在将文学的传承与发展惠及更多的人。

诚如简平所说："在这样一个时代，我们怀着一份共识，以文学来抚慰内心、安顿灵魂，没有比这更好的选择了。"

2023年

常德公寓铭牌

于丹：我要离开媒体的旋涡

千禧年初，因《百家讲坛》的热播，上海曾风行起一阵"国学热"。

没有《百家讲坛》，就不会有所谓的"讲坛学者""学术明星"。于丹在《百家讲坛》上仅仅讲了七集《论语》、十集《庄子》，却在全国掀起阵阵国学热浪，较之易中天当年的"三国热"有过之无不及，"学术超女"的封号扑面而来。于丹所到之处也必是前呼后拥，人潮涌动。

上海书展期间，在结束了众人瞩目的易中天、于丹对话之后，从粉丝堆里被架着出来的于丹接受了独家专访。

轻松国学

从4岁接触《论语》开始，于丹一直抱着轻松的心态，"和父母聊天吃饭间，玩着玩着就学到了一些道理，我们那时没人逼着你读这读那，许多东西都是在潜移默化中吸收的，是一种随性快乐"。

小时候，父亲带着于丹去公园看春日开放的花朵，父亲问她花是死的还是活的，于丹不假思索地回答当然是死的。于是,父亲将于丹举过头顶让她仔细观察,然后又放到地面再行观察,远近高低不同角度看了个遍,于丹发现了自然界的精妙。"'红杏枝头春意闹',如果花不是活的,它们怎么可能闹起来呢?"

虽然居住于城市,父亲却经常带于丹去乡村体验书中的"情境",父亲说,你只在书中看到麦浪,你见过真的麦浪吗?"理论要通过生活认识",这也成了于丹在《百家讲坛》讲课的一种状态,她总是将古人的智慧用小故事和今人的思维去解读,让广大观众轻易消化。

"聊斋讲师"马瑞芳在其新作《百家讲坛:这张魔鬼的床》里评价于丹是在"用小故事忽悠全国人民","一大盆'水'(小故事),丢进几小块'肉'(论语),'于丹心得'调汁,'于丹心语'勾芡,愣是让成千上万的人喝了个不亦乐乎"。

充满迷茫与困惑的大众,的确是迷上了于丹这剂熨帖的心灵鸡汤。古为今用的人生励志讲解很容易让人卸下包袱,心驰神往。不过,如果剔除传统文化的"壳",于丹讲《论语》跟20世纪90年代流行的卡耐基教育似乎没什么两样。

于丹自己也承认,"在如今中国价值转型时期,人们需要一个生命结构系统做支撑,而我们这时将这种典籍广泛传播出去,很容易就引起了大家的共鸣"。但是清醒的于丹不止一次地对眼下看似热闹的"国学热"泼冷水。"国学不是一天热起来的,它是长存于人们血脉与生活中的。我忧的是这里面有浮躁,有喧嚣,有泡沫,热得太快,火得太猛……因为骤热就意味着骤冷,我们已经经不起这种大冷大热的非理性的迷狂。"

作为百家讲坛的"讲坛明星",于丹显然无法控制大众的非理性追捧,更没法阻止由此而来的种种批判。在《庄子心得》的签售会上,一名男子身着"孔子很生气,庄子很着急"的文化衫前来搅局,北大清华等知名学府十博士更是上演了联名让于丹"下课"的文化事件。

歪曲文意、误导读者的批评在学术界久未弥散,于丹对此却相当坦然。"批评要明确问题的前提。如果是学术研究,欢迎探讨所谓的硬伤。但是传播,我讲的是心得体会,不必人人都要同意、遵从我的想法。传播和做学问是两回事,这好比是唯用与唯体的区别,传播为用,治学为体,学问不传播又怎能让人知道?我们用浅白的语句让大家都能听懂《论语》《庄子》《三国》,让每个个体都能获得启发。"

"我从未说过自己是国学大师,我的学问只是介于国学与传播学之间,我知道如何更好地运用传播学。而我的《论语心得》《庄子心得》都只是心得而已,并非学术专著,至于一些专家学者把它当作学术著作来研究批判,我也无权干涉。我只能说,任何人看书读经典都会有感悟,都有表达这种感悟的权利。"

远离喧嚣

"我在《百家讲坛》只讲了17集,马瑞芳老师讲《聊斋》,还有纪连海、阎崇年讲的都比我多。红不红不是学术涵养能决定的，这里涉及一个普遍性的问题，《聊斋》中国有多少人在看呢，《论语》又有多少人在看呢，《论语》是经世的学问，受众面更广些。"于丹认为是经典的力量和文化的力量，使得自己在百家讲坛400多位主讲人中脱颖而出。

对于自己在"百家讲坛"上创造的高收视率，于丹并未像崔永元那般痛斥"收视率是万恶之源"，她认为在媒体短缺时代，收视率是个覆盖性指标。现在是媒体泛滥时代，收视率成了唯一可以量化的标准。但收视率高并不一定代表品质。

"现在总觉得高雅的就曲高和寡，通俗的就一定收视大红。《百家讲坛》不但高雅也不和寡，是个非常值得研究的案例。它非纯学术，也非纯娱乐，在高雅和通俗之间找到了平衡，它是第三种状态。就传播来说，不在于做什么，而在于怎么做，方式比对象重要。"

"我是教传播的，传播学是有策略的，电视是什么媒体，是全家收视的，有人聊天，有人翻报纸，有人训孩子，这种情况下，电视不可能是四平八稳，有情节的东西才可以传播，为什么大家爱看电视，就是因为有悬念，有冲突。"

"《论语》摆在那里是微言大义，应该说我的讲法是把这个道理找到一个故事的载体，把它划进今天的生活。就是很多故事的情节在变，人的名称在变，但是道理没有变，就是告诉大家那种仁义，什么是真正的大智慧，所以我想圣贤之言是用一句两句唤醒人人心中有、口中无的东西，这说的就是当下的故事，是我自己的今天，或者是朋友的明天。"

书展上海行，于丹收到了不下二十家媒体的访问邀请，她出人意料地基本上全部予以拒绝。即使在接受专访时，也保持着高度谨慎的态度，与之前在讲坛上谈笑风生、亲切随和的样子判若两人。"面对媒体的我与个人生活中的我完全不一样，我深知媒体所具有的放大作用。"

面对今时今日长时间暴露于公众聚焦之下的无奈生活，于丹拒绝谈论有关家庭的一切话题。"需要暴露私生活的那是娱乐明星，我不是娱乐圈里的，我是个学者，学者没有这个必要。而且，你暴露得越多，别人对你的误读越厉害！"

"我不爱这种喧嚣，所以我在逐渐减少和外界与媒体的来往，慢慢地淡出。我想做个单纯的大学老师。现在的愿望是尽快逃离媒体关注的漩涡中心，回到学者的身份。"

一直绷得很紧的于丹，只有在讲述那个爱诗的年代时才显露出一丝真性情。"我爱雪莱，爱拜伦，也爱顾城舒婷。北岛是我最喜欢的诗人，因为他代表了那个时代的理性。这个时代，许多人都不读诗了，变得愈发功利，大家都是独生子女，都忙着奋斗，快乐却离我们越来越远。"

于丹说自己并没有经历过多少磨难，她的人生充满着快乐与随性：在大学组织"玩委会"，听罗大佑的歌，看武侠小说，爱上咖啡馆给学生讲课……"我只做自己喜欢做的事。在课堂上讲授专业知识，在《百家讲坛》讲述国学都是我喜欢的事。"

突如其来的成功往往会让人无所适从，于丹却强调自己始终抱着淡然置之的态度，她觉得"女性的成功不是铁骨铮铮，而是能用和风细雨化解某些东西"。

于丹坦承："在这个泛娱乐化时代，庄子、孔子也许改变不了现今这个社会。但《论语》终极传递的是一种态度，是一种朴素的、温暖的生活态度。人能做的只有改变自己，做好自己。我只能说以一己之力尽量影响身边有限的人。而做好自己这件事太难了，它是人生的最高目标，我将用一生去追寻。"

2007年

陈冰女士对本文亦有贡献

2006年于丹

2024年上海书展期间的上海展览中心，余儒文摄

陈忠实:来自农村的"炼钢者"

中国当代文学史翻不过陈忠实这一页。然而《白鹿原》之后,陈忠实仿佛在奏上了一曲华彩乐章后画上了一个戛然而止的句点。2007年那个炎热的8月,陈忠实曾带着全新短篇小说集《关中风月》来到上海。

陈老手里夹着长年不离的烟卷,他一直保持着紧皱着眉的思索状,但一旦谈起农村和作品,他又笑得很开怀。他的语速很缓慢,说话时带着浓重的秦腔,脸上印刻着如西北土地般的沟壑,这是个把大半辈子投诸农村的作家,即使在这个喧嚣的商业社会,中国作协副主席名号加身的时候,他依然显得谨慎平和。对于这个60岁的老人来说,创作之外的喧嚣是无奈的,而唯一让他牵挂的只有农村与农民。

说不尽的农村

您在农村多年从事基层工作,是农村生活的亲历者,后来您出了作协主席,离开了农村,依然还是农村生活的实践者吗?

陈忠实:我一共在农村生活了30年,直到1992年《白鹿原》获奖才住进西安市区的作协小院，一直住到现在。但我并不觉得自己住在城市，对我而言，它还是很陌生。对农村、农民，我有一种天然的敏感。对于农村，我不需要理论认识，我只有一种感觉，这种感觉对作家是很重要的。

现在农村面临的基本问题是很多的，就关中地区而言，农民已经解决了穿衣吃饭的问题，住房也得到了改善，现在面临的是如何增加经济收入的问题。

农民常常会遭到意料不及的损失。有个地区种大棚蔬菜，农民告诉我产量很好。再过了一年，青菜就推销不出去了，地方政府只好把蔬菜低价收购发给单位职工，说是帮助农民减少损失。我们的土地，北方人均一亩多，南方人均半亩多，种什么能发财，能供得起大学生，能娶媳妇？种金子都不行！

我在美国坐车好长时间都看不到农村，加拿大那么好的一块地，不种庄稼，种草，晃荡着几头奶牛。再看看中国的农民，中国造公路、弄钢筋水泥、饭馆伺候人的都是农民的孩子。中国的快速发展，农民成了最大的廉价劳动力。最典型的是山西黑砖窑事件，中国农民的痛苦还要经历很长的时间……

几十年来乡村也在经历变化，这在您的作品中有观察和体现吗？

陈忠实：昨天作为今天的参照，农村的变化是巨大的。1949年到1992年，村里能盖上大块房子的不上10户，现在基本都盖上房子了。我的短篇小说都是我对这些变化的观察。我现在的心态就是希望农村物质文化水平都能提高。虽然我现在已不是农民的一员，我住在城里，我的几个子女也都在城里，但情感上还是抱有这种心态，习惯从农村的角度看问题。我不是农民代言人，但我对农村怀有感情。

《关中风月》的后记中说，家里的后院就是白鹿原的北坡坡根，从小就厌烦这道坡，跟父亲上坡劳动特别费劲，这样辛劳的生活体验与艰辛回忆怎么会成为《白鹿原》的创作源呢？

我记得那个坡地特别陡，我推着个小木推车跟我父亲上山推土，那真的很苦啊。但生活经验和创作并没有必然的联系，你说我那时候很辛苦，但随着认识水平的变化你对辛苦的理解也是不同的。生活经验像矿石，但能炼出什么钢来，更重要的是作家通过回望所经历的东西提升思想境界。

对创作要专注

1992年的《白鹿原》让您实现了"有本书带进棺材当枕头"的愿望，为什么之后再没有出过新的长篇作品？

不知道，就是长时期对长篇小说写作高扬不起来，原本《白鹿原》写完后说马上要投入到新的长篇创作中，但一下子丧失了兴趣，更希望写些散文，七八年前试探着写短篇，就对短篇特别喜欢。这本《关中风月》就是《白鹿原》之前和近几年写的短篇小说，以后我还想写短篇，希望大家多提意见。

作家柳青曾提到"文学是愚人的事业,作家是60年一个单元",对这句话您怎么看?

陈忠实:柳青是我很崇拜的作家,对这句话我是很信服的。在整个人生中要做到专注、心无旁骛、不受名利干扰。一般作家很难有60年的创作历程,80岁还能保持创作能力的可能性不大,无非是保持专注性。而且现在社会对作家的诱惑层面比柳青时代多得多。柳青的时代是时代对作家的压迫,我们这个时代是社会种种诱惑把我们的意志从稿纸上移开。

您曾将作协主席定义为"这是由嫉妒和阴谋导致的职务,目的在于终止一个作家的辉煌并不允许他继续辉煌"。您担任的作协副主席一职,还有其他行政工作是否也影响了您的创作?

陈忠实:有些活动,像作协开作品研讨会怎么推托?还有些社会活动,像今天上午参加了电视台的节目,我是真不愿意。我们西安电视台也经常会请我去电视上讲讲,谈农民问题我愿意,可不能老让我去,你总不能把我弄到西安人民看到陈忠实就吐唾沫的地步吧。如果现在能排除行政工作,有选择的话,我更愿意只当个作家。

易中天来上海时说,做学问很重要,传播也很重要。当代作家只待在书斋创作是不可能的。您怎么看?

陈忠实：作家的第一要务还是先把作品写好，作品写好了自然有评论家把好作品"挖"出来。我觉得作家应该把更多的力量放入创作，但在这个张扬的社会，好的作品也要推广。

《白鹿原》之前被北京人艺排成了话剧，今年7月舞剧《白鹿原》又刚刚在西安演出，获得不少赞誉。听说西影厂买下了电影版权，不同形式的《白鹿原》你都会去看吗？

陈忠实：我肯定会去看的。这让我感觉小说里的东西一下子变真实了，我看看濮存昕，这不就是白嘉轩吗？舞剧又是其他演员扮演的，你想想宋丹丹和舞蹈演员都在演秦小娥，他们却又是那么的不同，这感觉很奇妙。不同艺术形式的差异很大，电影不可能把所有的人物包括进去，我的基本立场是我把版权卖给你，我就不说啥了，我相信编剧、导演。

一方面《白鹿原》表现了传统宗法文化对人性的无情压抑，另一方面，却又对传统文化持激赏的态度，这种矛盾一直在您的创作中体现着。十几年过去了，你对传统文化是否依然保持着这种矛盾心态？

陈忠实：这是一种形态，革新、革命过程中总会保留人精神中的一些东西。20世纪初，一代人都经过了这个洗礼过程。对待传统存在着一个扬弃的过程。

您对上海这个城市有什么印象?

陈忠实:我坐在车里望上海,上海竟然繁荣到了这种程度。我是1984年第一次到上海,当时的感觉是,怎么拥挤到了这种程度,一间卖花衬衫的小破店,人人都恨不得从前面人的头上、肩膀上爬进去买衬衫。我去城隍庙买了平生第一双皮鞋,是上海的老牌子,头很圆,明光鉴亮,拿回去只有进城活动时才穿,平时就穿布鞋。(这次)再到上海,浦东崛起了森林一样的高楼,就是用100万字也写不尽上海的繁华。

2007年

陈冰女士对本文亦有贡献

| 《关中风月》 | 陈忠实签名 |

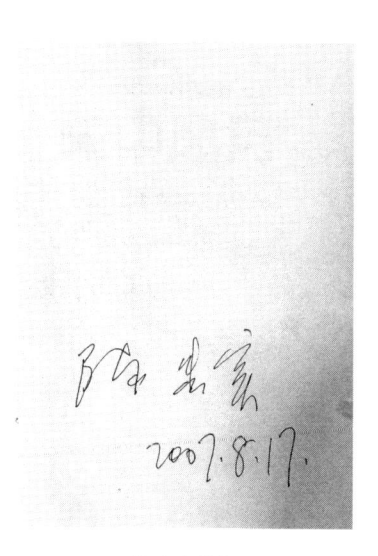

关于陈丹阳或抽象的一切

陈丹阳的"巴赫平均律"系列画了十年。不同颜色点线面的组合简直像一套由他自创的摩斯密码。这套密码在他的内心构建下呈现不同组合，映射了不同的外部世界。

"把标题取作巴赫，是因为巴赫用音乐与神对话，我则是跟自己对话，其实神就是自己内心深处的自己。光影是有色调的，音乐也有音调。巴赫的形式与节奏和光影的感觉很类似。"

少年与巴赫

和陈丹阳相识是2011年的夏天，他在北京798再3画廊后院的紫藤树下，和几个朋友就某个画展的开幕式的作品展开了很热烈的讨论。他的认真和对作品本身的严肃态度让人觉得，这果然是个处女座啊。

陈丹阳工作室分布在上海、宁波、北京、苏州。恪守着勤奋的态度，他不在工作室画画就在往来各地的高铁上。而他的创作也严格遵守着匠人的规律，每天大量的时间用于绘画，各行业的朋友也会给他带来一些新的想法，与建筑师和俞心樵等诗人们的关系都很密切。

陈丹阳的童年是在宁波象山的乡村度过的。在他童年的记忆里,奶奶长于手工艺,可以在绣品上绣上非常好看的图案。"谁家有大的喜事就找我奶奶帮忙,她随手可以画出上百种不同的花卉造型。"这让年少的他耳濡目染学会了很多东西,而他的父亲是一名石匠,在他童年里浸淫的是其父在工作中反复的而节奏不一的敲打声,重复与重复中的不同给了他年少的精神世界最初的印象。

"我的画面结构受汉字启发就像拆散的笔画重组,或是小时候玩的玩具七巧板和积木。线的交错重叠是为了制造视觉上的空间,线一层一层重叠是画面空间的需要,像时间的堆积,就像我们一步一步建立自己的世界。点则是对自然的感受,面对画布就像面对镜子,更多的是在找自己。"他认为自己"身居都市内心却停留在童年居住的环境,情感也停留在童年,就像内心住着一个小孩"。

而"巴赫平均律"的出现纯属偶然。第一次在广播的古典频道听到巴赫交响乐,让他一下子有了一种"被打开"的感觉。在陈丹阳看来,坚持做"巴赫平均律"这个系列作品,做了十年而并不觉得重复的枯燥,是因为在这里面可以捕捉到的东西还有很多。"比如色彩在画面上的变化,稍微有所改变就会产生不同的效果。位置的改变,大小的改变,等等。就像我们的生活一样,每天都在重复,每天都有不同的事物出现。"十年的创作中,陈丹阳一直在思考怎么用颜色去表现自然,比如风的声音、空气里泥土散发的味道带来季节变换的消息,花开的声音,小草发芽顶着石头的力度……这个过程中,他的角色更像个巫师。

抽象即无象

在创作中，他认同赛尚的创作理念。塞尚用几何分析自然景观的方式，在塞尚的作品中，强调画画并不意味着盲目地去复制现实，而是去寻求各种关系的和谐。他强调色彩是形式的组成部分，具有独立的造型价值。用圆锥、圆球、圆柱体去概括各种自然形态，保持对绘画的主观意识。

因为抽象作品在大众群体间的认识差异，陈丹阳的作品常被大众调侃成一块花布、集成电路板云云。对此，陈丹阳颇有自嘲精神。"最后的作品呈现的形式被人看作画也好、花布也好。我长期的工作就是怎么让一块花布显得更有诗意。"

在他看来，抽象是最容易被误读的概念。"抽象要先抛开'像'这个概念，我们从小被教育看一件东西首先是像啥，从而忽略了审美。比如现在大部分人喜爱文玩，玩太湖石都是先去看像什么，而不是先去审视他的造型和结构，古人看石头讲究'瘦漏透雕'，这就是最基础的审美。"

"中国古人的审美格调是很高的，类似西方人的装置艺术现成品的使用，古人的园林就是个大装置，大量使用了现成品。而抽象就是无象，是审美本身。西方人的抽象是智力游戏，而中国古人是智力游戏叠加审美。""我对不同色彩的叠加选择也是一种智力游戏，至今仍觉得其乐无穷。对我来说，艺术是在思考生活，然后进行内化。"所有的画面都是点线面，在经过内化的哲学思考后，你会发现自然也是点线面，人也是。

2016年

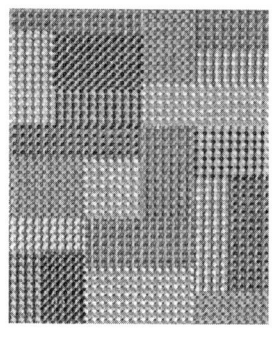

《巴赫平均律》　　　　　　　陈丹阳个展

《莫斯科郊外的晚上》译者薛范

"深夜花园里四处静悄悄,树叶也不再沙沙响,夜色多么好,令人心神往,多么幽静的晚上……"20世纪80年代,《莫斯科郊外的晚上》一曲在全国传唱。而如诗歌般美好的歌词也感动了所有听者的心灵。这首歌的译者,正是著名翻译家、音乐学家薛范先生。2015年,我与时年81岁的薛范先生做了一个专访,那是他从事翻译工作的第62年。

赶上了歌曲翻译的"黄金时代"

由于下肢瘫痪,20岁不到的薛范决定以案头工作作为毕生的事业。幼时热爱诗歌,也喜欢写作,但因身体缘故高中毕业后被俄语专科学校拒收。彼时他没有放弃,而是决心跟着广播电台自学俄文,并开始尝试翻译俄文歌曲。"50年代以前,我们国家没有歌曲翻译这个行当,电台主要是欧美和苏联的一些原版歌曲的播放,逐渐地,一些歌曲开始由中文演绎并由电台播放,歌曲翻译也就兴盛起来了。"

在薛范看来,1949年至1958年是文化兴盛与歌曲翻译的黄金时代,而他正好赶上了。1953年,他翻译了他第一首苏联歌曲《和平战士之歌》。两年后,他的四本《苏联歌曲集》相继出版。1956年,瓦西里·索洛维约夫·谢多伊谱曲、米哈伊尔·马图索夫斯基填词的歌曲《莫斯科郊外的晚上》问世。"这是苏联全国运动会纪录片的插曲,但作者对这首歌其实很不满意,认为是一首平庸的作品。"这首歌进入中国后,1957年薛范把它译成了中文,非常注重歌曲内的韵律与中文韵脚的整合,以诗化的语言重组了这个作品,赋予其新生,予以发表。但在当时,这首歌并未取得很大的社会影响。

20多年后,上海音乐厅的《莫斯科郊外的晚上》感动全场

真正让这首歌轰动的是一场音乐会,《莫斯科郊外的晚上》问世20多年后。1985年,上海音乐厅举办了一场星期广播音乐会,主题是苏联歌曲专场。薛范翻译的十余首苏联歌曲在这场音乐会上由众多歌唱家演绎,当晚,上海音乐厅演出大厅座无虚席,当《莫斯科郊外的晚上》一曲奏响时,全场都被这首乐曲所打动,"可能是激发了观众尘封已久的情感,不少观众都感至涕泪"。而十余位苏联驻上海的大使馆的外交官也专程赴上海音乐厅观看了这次演出,给出了极高的评价。第二天,苏联的《真理报》等媒体对这场音乐会给出了整版报道。而全国的电台、报纸也开始逐渐流传传唱《莫斯科郊外的晚上》这首歌。用中文演唱的《莫斯科郊外的晚上》融入了中国人民的生活,成为了一代人成长与青春岁月难以忘怀的歌曲。

薛范所翻译的2000多首俄文歌曲让中国人民熟悉了他国的历史文化,也增进了两国人民的感情。1997年,薛范从访华的叶利钦总统手中接过了象征最高国家荣誉的"友谊勋章",1999年他被中俄两国政府分别授予了中俄友谊奖章。

62年的翻译工作还在继续

"我今年81岁了,已经做了62年的翻译工作,翻译是一种独立性很强的工作,需要沉下心来去做。"薛范潜心研究翻译与音律至今整整60余年,2000多首歌曲,著作等身,涉猎亦广泛,早期一些欧美歌曲如《雪绒花》《玫瑰人生》等经他翻译都广泛传唱。而近10年来,随着音乐剧在国内的兴盛,不少原版欧美音乐剧得以引进。薛范也受邀为这些原版音乐剧的中文版歌曲进行翻译。近年来,他所翻译的中文版《猫》在上海大剧院的演出中屡获轰动好评,《剧院魅影》的中文版也于近年完成了翻译。

除此之外,他也不忘回馈社会,在社区内进行文化普及讲座与公益音乐会。2013年起,黄浦区半淞园路街道就与薛范合作推出一系列面向全市广大公众的公益文化普及讲座,并在三山会馆举行了一系列苏联歌曲的群文团队演唱。2015年是反法西斯战争胜利70周年,薛范将于5月与半淞园路街道一同推出纪念反法西斯战争胜利70周年音乐会,并在3月在半淞园路街道推出为期8讲的苏联"二战"题材故事片鉴赏讲座,《历史的教训》《五天五夜》等拍摄于20世纪50年代的苏联影片经薛范的字幕翻译后向公众呈现。薛范还亲自为大众讲解影片的历史与文化背景。

他认为，苏联影片与苏联歌曲都倡导着一种真善美，这是当下的社会非常需要的，它的情感动人，也蕴含着一种崇高理想，值得大众好好品味。当问及为何一辈子愿意奉献给歌曲翻译工作，薛范说："我想只要人类思维存在一天，那些激励我们追求崇高理想的歌曲，都将伴你我前行。"

2015年

薛范　　　　　　　《苏联歌曲汇编》书影

香港舞台剧导演林奕华：
一块石头要经受打磨

2013年3月，由上海文化广场与《申江服务导报》共同主办的"人生大不同"系列公益行动第七站演讲请来了中国香港著名舞台剧导演林奕华。这位香港导演即将在文化广场巡演其年度大戏《贾宝玉》。在后台，他与我聊了"贾宝玉"，也聊了"青春"。

离经叛道的少年

林奕华出生于中国香港。少年时代的林奕华，是经常被老师叫到办公室谈话的调皮孩子。12岁时，父母的离异让林奕华变得内向，转而阅读了大量的文学作品。被送到中国台湾学习以后，由于不适应加上对入读学校的不喜欢，他常常背着书包，走进另一间"课堂"剧院，"整个青春期都在追逐戏剧"。

1978年，17岁的林奕华被无线电视台签下做编剧，随后遇上从美国回来的中国香港先锋戏剧导演荣念曾。他追随荣念曾创立进念二十面体前卫剧团，一直工作到1987年。

1989年，林奕华只身前往伦敦，边游历边创作戏剧。"年轻时候的积累到了这时候才懂得利用。"经过几年的努力，他的作品获得欧洲戏剧界认可，在欧洲多个国家巡演。此后，他回到香港自立门户，创办了"非常林奕华戏剧社"。

他说，把自己的戏剧社称作"非常"，其实隐喻的是一种坚持的精神，要不怕孤独，不怕误解，勇敢面对挫折挑战，亦要有好奇心。

回顾自己的成长经历，他说："会后悔的才是青春，有悔的青春才不白活。青春像焰火，火光越燃越热，火焰是会滋长的，不要怕去燃烧，人生要去经历，不要回过头来什么都没有。"介于这样的价值观，52岁的他依然保持着青年人的工作状态，每天仅休息几个小时。

他把早年吸收的前卫戏剧思想和舞蹈结合，回归中国古典文学题材，创作出一系列古典名著题材的戏剧。先后创作了《水浒传》《西游记》，本来打算排演《红楼梦》，却因为与香港女演员何韵诗的一次合作，发现她身上具有贾宝玉的许多特质，这才有了近年大热的舞台剧《贾宝玉》。

《贾宝玉》：一块石头的成长

对古典文学的再解读是源于林奕华对"老古董"破解的癖好，"我必须找到舞台剧与文字之间的联络。我现在所呈现的《贾宝玉》只是一棵树，不是森林。"《红楼梦》是一本女性的书，林奕华打算今后将四大名著系列的最后一部《红楼梦》以全部男演员的阵容去完成，与全女班出演的《贾宝玉》截然不同，它以宏大叙事呈现戏剧反差。

《贾宝玉》今年第二次来沪巡演。他说，没有何韵诗，就

上海文化广场

人物

没有《贾宝玉》。"她当年找到我说想演一部舞台剧,我就觉得她身上有贾宝玉的特质,是长不大的那种赤诚感。"于是主角何韵诗从头参与,与编剧一同打磨台词剧情,才诞生了这部戏。林奕华说,贾宝玉是在讲述成长,一块石头,要被放在有用处,要经受打磨。于是《贾宝玉》的剧情一开始便设在了所有故事已结束的时刻,贾宝玉业已知道所有人及自身的命运后,要重历青春。

"你要有重历的勇气。"在他看来,勇气是付出与承担,接受自己需要勇气,"让生命发生"也需要勇气。

林奕华至今已创作了近50部舞台剧作品。他认为创意才是让人保持青春的原因,他的不断努力是因为要探寻自己的可能性,"人生会有很多的不可能,要试着去把不可能变成可能。"

即使他在中国香港担任编剧的工资只有1.3万港币,他依然在做舞台剧这行。他说,为什么现代人只有生存没有生活,我们看着电脑,看着手机,其实心都没有打开。成功与幸福,常常是现代人无解的东西。地球存在很久了,为什么还有那么多未知呢?人也是这样。好的艺术家会告诉你,人生是有希望的。

2013年

徐俊谈《永远的尹雪艳》

现在的沧浪亭已经找不到鸡头米了,我们把过去的东西记录下来,很有必要。

沪语话剧大戏《永远的尹雪艳》一经推出便引来各方的舆论关注。其首轮演出十场几乎场场爆满。虽说《永远的尹雪艳》原著来自台北的白先勇先生,但导演徐俊却说,这是出彻

白先勇先生曾居住的汾阳路150号白公馆

《永远的尹雪艳》演出现场

演出当天的文化广场对面街景（陕西南路2013年）

头彻尾的上海故事。

"我和白先勇先生相识是源于越剧《玉卿嫂》，2007年我与他聊起想改编尹雪艳的想法，老先生便很感兴趣并全力支持。六年来，剧本几易其稿，老先生都参与了剧本的讨论与打磨。最后我们决定用上海话演绎这个属于上海的故事。连剧本都是由上海话写就的。"

说起上海方言话剧在业界属于首创，徐俊介绍，其实在20世纪四五十年代，方言话剧就演得很繁盛，现在可以说是另一种形式的复兴，上海话的方言话剧不同于沪剧，沪剧有唱腔，还带有一些乡土气息，而话剧更注重城市文化的语言特质，更讲究生活化的表达。"城市是有其文化内容的，方言很适合表现这些文化内容。"

为了让语言还原上海的气息，徐俊还特别请来了程乃珊老师的先生严尔纯来做语言指导。"上海话的优雅精致是一种精致美学，会唤起观众共同的美好记忆。"除语言外，制作方还通过上海的特色饮食来传递乡愁。

"回忆是什么？回忆就是生活。"徐俊对上海的回忆是，有一天他到程乃珊家做客，程乃珊为她亲自做了碗鸡头米。而这碗鸡头米也走进了《永远的尹雪艳》的戏中，成为了客居台北的上海人睹物思乡的产物。"现在的沧浪亭已经找不到鸡头米了，我们把过去的东西记录下来，很有必要。"

《永远的尹雪艳》首轮演出的成功，徐俊将其归结为名著改编的效应，同时原著的文字性、情节性、故事性都很强。

"我们的剧本未完全迎合观众,有自己的文化与审美,带有对上海文化的诚意,让本土及更多地域的观众能欣赏喜爱。同时,这部戏集聚了规模化的投资,道具、舞美,张叔平设计的服饰皆美轮美奂,尽可能达到了审美的愉悦度。"

2013年

白公馆的旋转楼梯

《永远的尹雪艳》故事发生地百乐门

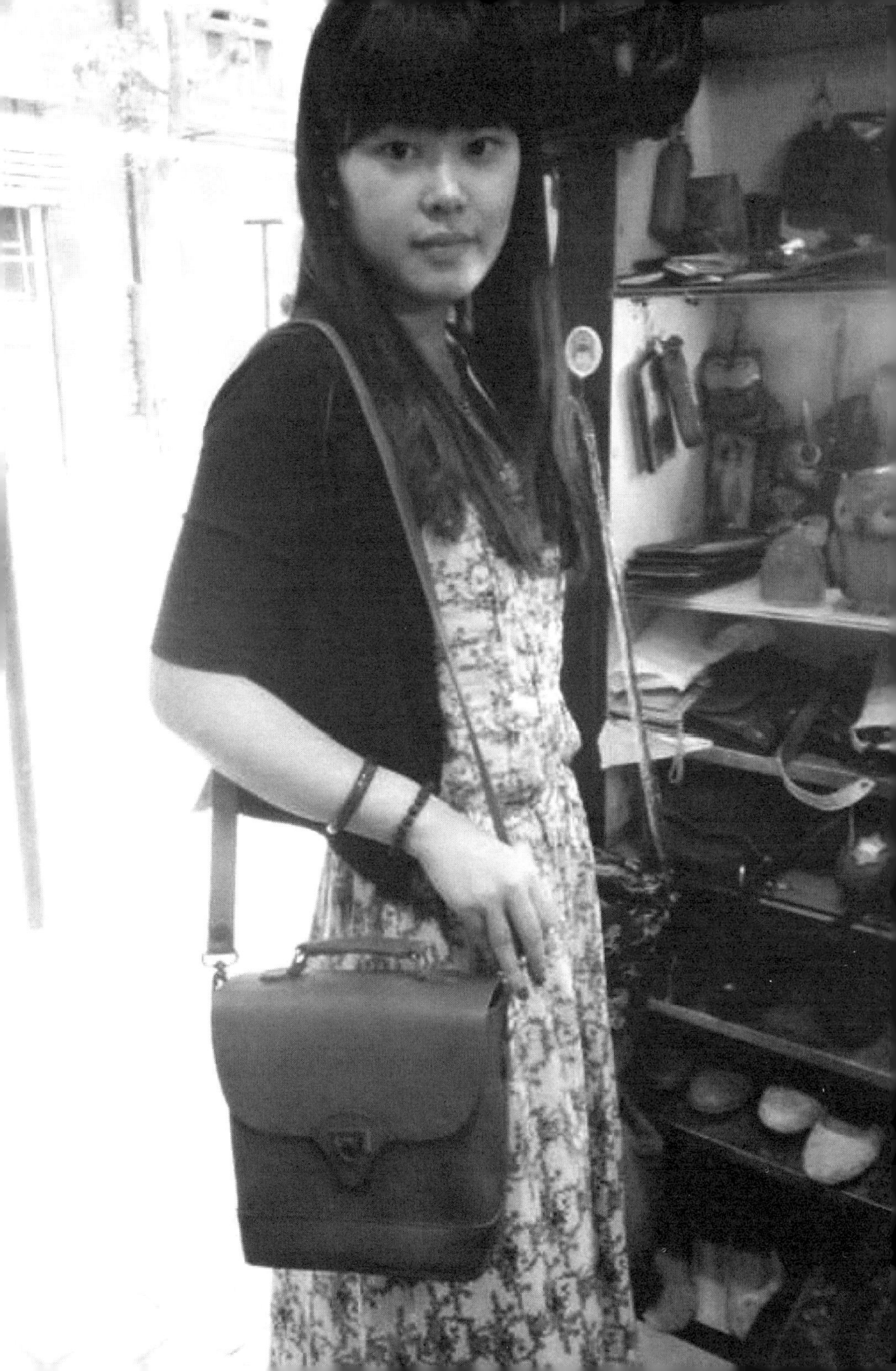

坊间

百年淮海路的创新与发展

从1900年到2010年，淮海路走过风雨一百一十年。从宝昌路、霞飞路到我们如今熟悉的淮海路，这条马路一直是上海的地标。不同于其他的商业街，这条马路氤氲着上海的气质：走于时代前端，探求着创新与发展。

淮海路起始于20世纪初，而它的大发展的时期恰逢建筑水泥等材料革新的时期。混凝土被广泛使用于城市建筑，改变了淮海路地区的城市景观。繁华的淮海路启于建筑之"变"，也为它未来的商业发展划出了一条变革的先锋之路。

20世纪20年代，白俄移民进驻淮海路，在当时的"霞飞路"上开办了近一百多家俄侨商店，囊括了珠宝、时装、餐饮、百货、酒吧、咖啡馆等。上海最早的皮鞋店——欧罗巴皮鞋公司，上海最大的俄侨商店——西比利亚皮货行都开驻于此，为上海滩注入了一股新鲜的欧陆风情。

法租界又为淮海路保留了典雅的商业模式，最早的花园餐厅，最初的沙龙，最浪漫的咖啡厅……淮海路成为了一条文化与商业并举的街道。即使在1929年遭遇世界经济危机，淮海路上的商店依然鳞次栉比。俄国人维·谢尔布斯基在时年《上海柴拉报》上感叹："不管怎么说，上海整个商业贸易中心已

淮海路街景　娄承浩摄

延伸到这里了。"

新中国成立后,淮海路依然在传统中引领潮流尖端:沪上第一家美容美发店——露美;国内最早的妇女专营百货——妇女用品商店;国内第一家女士内衣商店——古今;沪上第一家外资百货——伊势丹;上海第一家快餐店——大东;上海第一家电脑商店;第一次时装发布会……

淮海路从不惧求新求变,它敢为人先,尝试着新的商业模式。时任中国商业街工作委员会主任韩健徽这样评价淮海路:一条融入历史底蕴的商业街才是真正的商业街,淮海路见证了历史,引领了潮流。

20世纪90年代,淮海中路的商业形态重新布局,东段为国际化、现代化、智能化的高端商务区,西段保留传统零售商业格局。1992年淮海路也随着地铁的修建,进行了全面的改造。1993年的华亭·伊势丹,1994年的美美百货,1995年巴黎春天,以及世纪末的连卡佛,这些百货商场相继落成,淮海中路商圈带给上海人最初的奢侈品体验,给人们强烈的冲击力。

2007年2月起,《淮海中路商业结构调整三年(2008—2010)行动计划》明确了淮海中路的商业定位和目标。自此,淮海路华丽转身,呈现了国际品牌云集的崭新面貌。东段集结了路易威登、杰尼亚、卡地亚、寇驰、苹果等专卖店、概念店、旗舰店,以及全球第五家爱马仕;中段汇集了芭比全球首家旗舰店与瑞典H&M、荷兰C&A、西班牙ZARA形成的"快时尚三角",近20家中华老字号也焕发着新生命;西段呈现了以淮海路796号历峰双墅江诗丹顿之家与登喜路之家为代表的经典品牌楼群。

享有"东方香榭丽舍"美誉的淮海中路,在中国历史上一直是时尚引领地,有着良好的商业环境。如今,行走在淮海路街畔,街道两旁的布局与品牌橱窗透出的灯光让往来的游客心驰神往。

支马路与后马路的规划亦让淮海路有了更丰富的纵深空间,休闲街雁荡路串联复兴公园,马当路串联新天地,思南路串联着思南公馆,绍兴路文化街,长乐路时尚购物街,茂名南路服饰定制街……百年淮海路,依旧在书写着传奇。

2010年

复兴公园　施丹妮摄　　　　　南昌路科学会堂前　施丹妮摄

百年老楼的艺术痕迹：
斯沃琪和平饭店艺术中心探访

1908年，汇中饭店在外滩开业。英国玛礼逊洋行设计，华资王发记营造厂承建。它是当时上海乃至全中国最早安装电梯的大楼。100多年来，这幢欧洲文艺复兴式建筑经历了变幻与沧桑。1965年汇中饭店并入和平饭店，成为和平饭店南楼。2007年，斯沃琪集团取得大楼三十年经营权，大楼更名为斯沃琪和平饭店艺术中心。

如今的斯沃琪和平饭店艺术中心，白天人流如织，游客穿梭于其沿街开放的手表展示店铺内，而走过古老的柚木旋转大门，则是另一番光景。水晶灯、巨大的穹顶、寓意四季平安的花瓶图案四角装饰，以及两部由原先美国进口奥梯斯电梯改造的全新电梯，在电梯内悠然至六层，仿佛一场时光穿梭。

六层楼，由精品酒店客房、餐厅、展示中心等构成。而部分楼层并不对外开放，这些楼层就是斯沃琪和平饭店艺术中心的艺术家工作室所在地。和平饭店艺术中心为受邀艺术家准备了18间客房与工作室，艺术家们通过网络申请与专家委员会的评审可入住生活在艺术中心并进行长达六个月的艺术交流与创作。来自世界各地的知名艺术家与艺术新星们入住这个古老

和平饭店斯沃琪艺术中心前人流如织　施丹妮摄

坊间

的空间，并在其中生活、创作。

"开业以来，受邀入住艺术中心的艺术家已经超过一百人。"斯沃琪和平饭店艺术中心的工作人员介绍。由于申请入住的艺术家络绎不绝，其房间入住日程表已排到了明年年中。这些艺术家，有来自世界各地的舞蹈家、音乐家、摄影师、电影人、作家、画家等。艺术中心为其配备了小型图书馆与文献中心，满足艺术家们对艺术史与中国传统文化的探求。

在艺术家的公共活动区域，不少艺术家围坐喝着咖啡交流创作。而活动小黑板上则写满了他们各自书写的美术用品购买地址、文化活动预告、聚会预告。甚至有位中国诗人在黑板上用英文写了一行诗：Don't seek Knowledge, let the attention come you。（不要追求关注，要追寻知识，关注才会随之而来）。

一位西班牙女性画家说，她非常喜欢艺术中心的环境，自由舒适，而互相交流的氛围又非常像小型沙龙，给了她很多创作的灵感。

老建筑与艺术家之间发生着微妙的化学作用，海派文化滋养着从世界各地前来"朝圣"的艺术家，他们临江远望，看着对岸与此处凝聚着百年上海巨变的繁华外滩，获得了无数的创作灵感。艺术家 Billy Theartist 所创作的外滩波普作品就深刻体现了这一点。

画作中，黑色红色黄色粗线条相互勾勒，形成了一个个具象的人脸，而穿梭在人脸中的是我们所熟悉的外滩建筑以及对岸的东方明珠。将上海群像通过波普艺术的手法来体现，是

Billy对艺术中心的回馈。几乎所有的入住艺术家都将其在沪期间的某个作品留在了艺术中心。艺术中心则把这些作品称为艺术家留下的"印迹",这些"印迹"是不同文化与上海的交融,也是与老建筑朝夕相处、无声沟通中打磨出的。

这些艺术家的作品将最终被集结进行对外的免费展览。而展览所选地就是中心一楼近500平方米的展示厅。"这个展示厅由原先汇中饭店的六间客房改造而成,现在观察它的建筑结构,都可以看到原先房间隔断、走廊、立柱的样子。"油画、雕塑、装置等来自100多名艺术家的作品届时将正式对外开放。

除了成为青年艺术家的创作孵化地,艺术中心还选取一些入住的优秀艺术家与斯沃琪腕表合作。曾经入住艺术中心的西班牙多元艺术家受邀为斯沃琪设计了一块艺术腕表"OFF",表现传统艺术与技术的碰撞,真实与虚幻的交锋。OFF表盘绘有黑色地带,并从表盘内部一直贯穿至表带。狭长的黑色就像是一个暗示,艺术家提醒人们"腾出时间",每分钟的5秒,每小时的5分钟,去做一些完全不同的事情。

雁过留痕,艺术家们把生活的一个阶段留在外滩,也把艺术品留在了外滩。外滩这幢百年大楼也将艺术家的生活形态,艺术家的作品全然呈现在了公众面前,并为上海留下了世界的表情。

2014年

逝水年华与远大前程：
《上海画报》与它记录的上海30年

《上海画报》300期画报的封面是21世纪的上海，巨大的东方明珠与环球金融中心冲天而上，彰显着这个新世纪的城市表情。这份老牌刊物创刊于1982年，以"一座城市，一本画报，用一本画报真实记录上海变迁"作为刊物定位，其所属出版社，位于静安区长乐路的上海画报出版社（现更名为锦绣文章出版社）也陪伴这个城市走过了三十余年，记录了这个城市发展变迁的无数个瞬间。

用影像记录城市发展

上海画报社位于静安长乐路一条里弄的独栋小楼内，周围绿树掩映，门前还要经过一个小池塘，楼内工作着的编辑并不多。经由这个并不庞大的编辑团队之手，三十余年来，《上海画报》以摄影专题为主要形式，用大量真实生动的原创图片、文字记录及镜头见证了改革开放以来上海各行各业的建设成就和上海市民社会生活中的万千新事，真实地记录了上海城市和上海人民精神风貌的变迁，成为上海对外宣传的一个重要窗口，以镜头凝固了上海的每一个精彩瞬间。

上海画报出版社所在的长乐路672弄（图片来源：乐游上海）

长乐路街景（图片来源：乐游上海）

坊间

创办于1982年的《上海画报》经过多次改版。《上海画报》的栏目目前主要有《上海影像》《深度聚焦》《海外上海人》《都市纵横》《都市创意》《上海商标故事》等,全方位地介绍了上海的人、事、物,注重民生民情的反映,贴近时代。这些年它所记录的静安有静安寺、陕西北路文化街、吴江路、马勒别墅、张家花园、恒隆广场、自然博物馆石库门弄堂的变迁等。翻看过去300期的《上海画报》,可以管中窥豹,捕捉到一个城区的发展剪影。

曾任《上海画报》编辑部副主任的康华在300期纪念号的卷首语中写道,"卡尔维诺在谈到《看不见的城市》时曾经说过:对于我们来说,今天的城市是什么?我认为我写了一种东西,它就像是在越来越难以把城市当作城市来生活的时刻,献给城市的最后一首爱情诗。殚精竭虑收集这些图像以及记忆,也是为了给生活在其中的城市献上一首小情诗"。

涌现了一批著名摄影人

曾在《上海画报》工作近20年的资深编辑介绍,八九十年代是上海画报的鼎盛时期,所有当今的大牌摄影家都从《上海画报》起步,它汇集了当时最聪明、最有观察力的一群人。靳宏伟、尔冬强、郑宪章等著名摄影人也都从此涌现。

靳宏伟是世界华人最大摄影作品收藏家,世界四大图片社之一SIPA的最大股东。曾任战地摄影师、《上海画报》摄影编辑,1989年赴美留学,1992年获得美国马里兰艺术学院摄影硕士学位，成为中国大陆在美国取得摄影硕士的第一人。

而知名摄影家尔冬强也从《上海画报》开始其摄影历程。他曾在《上海画报》担任了多年的记者、编辑。离开画报社后，他围绕城区史为主题出版了《最后一瞥——上海西洋建筑》《上海法租界》《上海老别墅》《中国近代通商口岸》《中国教会学校》《上海装饰艺术派》等摄影画册。他2010年的《鸟瞰上海》更是为上海留下了一部摄影文献。

郑宪章是《上海画报》现任首席摄影记者，长期用相机记录上海，对拍摄上海题材游刃有余。2002年，他先后在圣彼得堡、旧金山、悉尼、东京、大阪举办了"今日上海"摄影个展。有100多幅作品在国际、国内摄影比赛中获奖，并先后出版了《天人合一》《生命礼赞》《苏州河》《故宫》等画册。

《上海画报》对图片的精益求精、对时代脉搏的把握，对城市历史的记录让它成了优秀摄影家的摇篮。它多次获得中国画报行业评选的最高奖——"金睛奖"，"金睛奖"由中国画报协会主办并组织实施，旨在鼓励从事画报专题、摄影报道的人员精益求精。

传统画报的转型发展

随着社会生活节奏的加速，差不多整个读书界都开始接受"读图时代"的概念，这对《上海画报》这个以图文见长的刊物来说，既是机会，也是挑战。而新媒体时代的席卷也让老牌出版人感到了压力。

《上海画报》已设立了微信客户端,它的"微拍上海——每日一图"栏目以每天一张精美的城市图片赢得了不少公众的点击浏览。其官方微博虽然用户量不算多,但也成了摄影圈人士学习与交流的良好互动平台。

　　其编辑部负责人谈到《上海画报》的未来发展时说:"城市与时代在变迁转型,但读者对好的内容的需求是不变的,不论平台如何变化,我们依然要坚持做好的题材与好的内容。"

2015年

《上海画报》所在的长乐路672弄(图片来源:乐游上海)

20世纪80年代的《上海画报》

故事会：大众出版的数字化探索

绍兴路74号，绿树掩映，曲径通幽，四层小楼里藏着1963年创刊的著名读物《故事会》，这家50年历史的老牌出版社坐落于此，其出版的多媒体有声读物涵盖声音、图片等，甚至加上了微信二维码等时尚元素。其策划的《中华民族文化大戏》系列书籍结合了多媒体数据库的延伸阅读方式，形成了出版的改革创新。传统出版如何进行转型探索？时任上海故事会文化传媒有限公司董事、总经理冯杰说：传统出版切勿做疾进式的转型，在向数字出版转型时，做好品牌内容最重要。

作为一家历史悠久的出版社，为何故事会会把触角延伸到多媒体读物？

冯杰：《故事会》已经50年历史了，作为大众文学刊物广受读者欢迎。出版业有惯例，就是大刊必定有大书。故事会是上海的著名品牌，早在多年前就已经开始探索传统出版的数字化、多媒体进程，已出版的《话说中国》系列书籍，详述了中华民族的历史与民族进程。2011年开始，我们策划了两辑的《中华民族文化大戏》，并入选了"十二五"新闻出版总局重点

绍兴路

故事会文化传媒大门

出版工程。在这个基础上,我们研发了中华民族数据库,为56个民族打造其本民族的文化名片。并植入了二维码等现代手段,链接相关音频、视频、图片。比如你在书上看到纳西族的介绍,扫二维码,就可以看到纳西族的服饰风格、宗教及传统舞蹈等。这是出版业在新形势下的改革创新。

《中华民族文化大戏》这套图书的编辑难度在哪?

冯杰:这套图书关注的是民族、民间、民俗。所涉及的图书、音频、视频的体量都较大。我们首次多媒体试水的《话说中国》编辑工作就用了8年。而《中华民族文化大戏》目前只完成了十个民族,花费了3年。我们编辑团队就5个人,而涉及的不同民族的内容需要邀请各民族的资深专家来整理写作。做这样一套书籍编辑的策划理念非常重要,做内容仍然是我们的优势,不论新媒体怎么冲击,我们还是内容为王,技术推动。

读者或市场对这一类新型图书的反响如何?

冯杰:《话说中国》与《中华民族文化大戏》出版后每年都会参与上海书展,也获得了读者的好评。目前,《中华民族文化大戏》的数据库已经覆盖到了港澳台地区。中国台湾由汉声出版社在做,中国香港则由今日出版社在做。而《话说中国》的英文版权已经卖给了美国的《读者文摘》,中国台湾地区也已出版了繁体字版，我们这套书的编排在文字与目录里加入了注释与关键词，还有问答环节，阅读体验非常好。

对传统出版业转型新媒体您有什么样的愿景？

冯杰：传统出版切勿做疾进式的转型，在向数字出版转型时，做好品牌内容最重要。技术不是我们的重点，只有做好内容，才能掌握自身的话语权，离开内容我们什么都不是。此外，要多方合作，以自身特点做出一个品牌数据库，对我们的出版存量进行数字化前期准备与数字产品的销售市场共享。最重要的是，内容版权是传统出版的核心，新媒体大潮对版权带来很大冲击，未来传统出版的转型，维护版权是非常重要的环节。所以我们现在每位作者在签约传统出版合约时还要签署数字版权。

多年的探索下来，您觉得技术对出版产业的影响是？

冯杰：文化，传承是魂，传播是体，技术是推动力。现阶段我们能努力做好的，是传承与传播，还是内容为王。若未来能做好知识产权的保护与资本市场的放开，我们的出版业可能会有更好的发展。

2014年

当年轻人开始做"城市考古"

2019年，在德国研读城市学的丁广吉回到了家乡上海。彼时，他的大学同学朱一宁已创立了一个专注于城市文化遗产研究、保护和创新的品牌"心城市"。热爱城市探索与人文历史的二人志同道合，决心将City Walk向专业化推进。2024年，《上海新发现：海派城市考古》一书出版发行。

在这本书的序言中，同济大学原常务副校长、上海市城市规划学会理事长伍江说道，城市里的每一个人、每一个角落都有自己的故事。城市总是充满了这些神奇而独特的故事。正是这些故事构成了城市的历史，而历史不断沉积，使得一座城市有了灵魂，成为一座取之不尽的文化宝藏。

同济大学可持续发展与管理研究所所长诸大建认为，海派城市考古如同剥洋葱，最好深入剥到三层皮。第一层看城市，从建筑、马路、河流等，欣赏上海城市物质形态的别有风味；第二层看人物，从空间景物和空间形态，深入到人的故事和记忆；第三层看文化，从空间和人物咀嚼上海的独特文化。

City Walk不同于逛马路，它是城市精细化的必然产物

丁广吉是City Walk的超级发烧友，本科在上海交大念完

2021年浙江路桥　金兮敏摄

千禧年后

建筑学便去德国继续学习，他的志向是读城市学。为此，他跑遍了德国所有的联邦州，一所一所地询问是否开设了这个专业。

"逛街是你走入了城市，而City Walk是城市文化走入了你内心。随着一座城市经济的发展，City Walk是城市精细化的必然产物。"

丁广吉很喜欢美国著名建筑学家凯文·林奇的代表作《城市意象》，城市学是一门系统的学科，这在《城市意象》中也可以窥见一二。书中重点讲述了城市的面貌，充分展示出城市的重要性和可变性。"城市意象"五要素是指道路、边界、区域、节点、地标。五要素认为，城市如同建筑，是一种空间结构，只是尺度更巨大，需要用更长的时间去感知。

"以大家都爱去City Walk的'网红地'武康路为例，它就是一个'道路+边界+区域+节点+地标'的经典组合。"丁广吉说。"仔细观察武康大楼前的那个六岔路口，非常像巴黎凯旋门前的放射状岔路口，这其实不是巧合，而是当年上海规划此片区域时的'巴黎同款'设计。所有道路都从这个点放射出去，每条道路形成不同的城市边界，构成一个区域性的城市节点。最后，在其中心竖起一幢高耸的建筑物——武康大楼。所以当时的城市建设者在建造武康大楼的时候，其实就有打造'网红'的意图，把凯旋门的放射状路口复制到武康大楼——这样的路口天生就具有'网红属性'。"

"许多区域都蛮值得我们去挖掘。"十几岁时，丁广吉在市西中学度过了他的高中生涯，回望愚园路过去20年的变迁，他觉得有越来越多的历史积淀。因为城市历史，City Walk 多了更多的传奇。比如愚园东路的东海广场，其实曾经是大名鼎鼎的中华书局所在地。当我们 City Walk 到愚园东路时，始于1912年的中华书局让这片土地多了一份厚重。

行走中不能错过细节，就算是一个"锚板"

在上海有许多西方建筑，这也让我们看中国传统建筑时多了一份思考。

"比如上海总商会主入口的柱子，我们可以从细节看到一些宏观的历史背景。建筑是时代背景的缩影。建筑外观的希腊柱式，有着不同的等级区别，在古希腊社会中，对应着不同的建筑级别。古希腊三大柱式：多立克柱式代表的男性；爱奥尼克柱式代表的女性；科林斯柱式上繁茂的花草则是象征两性结合后的旺盛生命力，也是三种柱式中的最高级别。而上海总商会主入口的立柱便是科林斯柱式，代表了建筑的高等级，也折射出'商会'对于当时社会的重要性。而我们中国许多传统建筑乃至中西合璧的建筑上也会有特殊的图案或装饰，或涵寓意，或祈吉祥。"

丁广吉犹记得自己第一次看到苏州河畔的怡和打包厂旧址时，深深被震撼："怡和打包厂的一层墙壁外围会有一个个'锚板'，而'锚板'的功能是将内部结构与建筑外墙牢牢固定住，用以对抗地震。这在当时来说，都是规格非常高的建筑。

因为怡和打包厂是当年的物流中心。它的一楼还使用了巨大的铸铁柱,这在当时来说都是造价非常高的建筑材料。"

丁广吉与朱一宁共著的这本《上海新发现：海派城市考古》中,详细介绍了这幢建筑与苏州河乃至近代上海历史的重要联系。"未有香港,先有怡和",中国近代史记载着香港被迫割让的屈辱,更记载着中华儿女救亡图存的抗争。怡和打包厂是怡和洋行当年的物流转运中心,这座曾属于怡和洋行的仓库安全等级很高,红砖墙上的"锚板"与铸铁柱的结构有防震防火功能,吞吐过无数商品,苏州河畔也见证了中国从落后走向奋起的历史。1874年,怡和洋行擅自在上海修筑铁路,计划利用铁路的延伸扩大在中国内陆的势力。该铁路连通上海至吴淞镇,规划三站：上海站、江湾站、吴淞站。上海站的原址就在离此不远处的河南北路塘沽路路口。这是中国第一条营业铁路,中国的铁路开始艰难起步。百年荏苒,如今,我国的高铁里程已突破四万公里,稳居世界第一。

在两位作者看来,"在City Walk的过程中,任何一个小细节不能因不懂而忽略。从细节到宏观,都要兼顾。不能只见树木不见林"。

"写书的初衷,希望让普迪公众都能明白。所以在书里自制了很多地图,地图上也做了许多着重标注,制图花了很多的工夫。"在《上海新发现：海派城市考古》中,为了将苏河湾的历史这一章节向公众展现得更加明晰,"心城市"团队甚至绘制了一幅解析当年四行仓库保卫战的彩色示意图,让公众能

电缆交错时期的武康大楼
施丹妮摄

市中心废弃水塔 施丹妮摄

千禧年后

在图中清晰看到当时的战况。整本书通过诸多信息资料与图解，让阅读更为明快清晰。

苏河湾：红色文化、海派文化与江南文化的叠加

苏河湾是两位作者做海派城市考古的经典路线。苏河湾是一个非常适合City Walk的地方。在丁广吉看来，"首先，空间上大量的老厂房相连；地域上靠近苏州河，同时又临近地铁站；文化上更是具有多元性和复合性。第一是红色文化，如三大后中央局机关历史纪念馆、四行仓库。第二是江南文化，有妈祖文化的上海天后宫。第三是海派文化，有上海总商会这样非常有价值的海派建筑遗存"。

其中每个建筑的细节也是令人入迷的。比如代表江南妈祖文化的上海天后宫，抬头看它精美的螺旋藻井，除了具有防火的祈祷寓意之外，还具有扩音的功用。仔细观察天后宫古戏台的木质围栏会发现，围栏的高度做得很低，这是为了让公众能更看得清楚舞台上演员的身段。

四行仓库见证了中华民族抵御外侮的百年风云。1937年，日本全面侵华，同年8月，淞沪会战在上海爆发。四行仓库作为淞沪会战中上海最后的堡垒，战况异常惨烈，谢晋元率领"八百壮士"视死如归、铁骨铮铮、浴血奋战，面对残暴的敌人，表现出了空前的民族义愤与抗战意志。如今，四行仓库还保留着当年历经战火的红砖，上刻"LUN HING"字样，据考证，是当年嘉善轮兴砖窑厂制造。

弄堂生活　金兮敏摄

2010年上海商会旧址　金兮敏摄

千禧年后

浙江路桥如一道壮丽飞虹横跨苏州河，又如一只钢铁巨臂承托着岁月的沉淀。始建于1908年的浙江路桥与上海的外白渡桥是姐妹桥，全钢结构的桥体是一百年前的高科技：变截面钢结构桁架桥。当年，这种力学结构刚获专利不久，就被迅速引入上海。之所以要兴建一座如此的大桥是因为要承载一样更重要的东西——有轨电车。

开车寻找彭浦新村的烟火气与工业遗存

除苏河湾之外，再往北的彭浦新村地区也是"心城市"团队"重点"考古区域。为了拍摄彭浦工业区的实景，丁广吉和团队伙伴一起，整日踩点、蹲点，甚至为了一张有烟火气的照片守到晚上，终于拍下了能反映当时社会风貌的照片。这些照片成为《上海新发现：海派城市考古》的重要部分。

彭浦新村，一个上海人都熟悉的名字，"彭浦"之名来源于该地区一条叫彭越浦的河流，而"新村"则是工人新村之意，与彭浦新村对应的便是彭浦工业区。在1958年之前，这里还是一个偏僻的北郊小村，菜田河浜，蔓草坟墩。1958年春，这座荒凉的小村沸腾了，荒凉的田野上进驻了数以千计的建筑大军，工地红旗招展，马达日夜轰鸣。不久，一座座高大的厂房拔地而起，一条条平坦的马路交汇相通——"彭浦工业区"出现了。

中华人民共和国成立初期，一派欣欣向荣的社会景象折射出人们建设新中国的巨大热情，上海各处都在兴建工业基地，

东台路古玩市场拆除前夕　施丹妮摄

东台路掠影　施丹妮摄

千禧年后

144

以机电工业为主的彭浦工业区便诞生在此背景下。包括彭浦机器厂、彭浦鼓风机厂、四方锅炉厂、上海造纸机械厂等在内的大大小小140多家企业工厂在此落户，彭浦工业区也成为当时上海重要的机电工业基地之一。

捕获城市的瞬间：你很难不被城市这样的景象所震撼

许多城市有意思的瞬间都是在City Walk中发现的。

浙江路桥旁原先有一条五金街，即厦门路附近。"我们每次经过都会同市民公众讲述许多有意思的话题。比如为什么这里会出现五金一条街，结合当时的历史社会情况，其实是蛮值得探究的事。"但是后来这条街开始经历城市更新。"我们做City Walk，通过回溯曾经的人文历史，让城市留住记忆，让人们记住乡愁。"

"我们还会带领中外游客去看早上7点的外滩，这条经典的线路被我们称为'magic 7'。"早上的黄浦江，光从云层中透露出来，映照着外滩老建筑与对面的陆家嘴，而滨江的亲水平台上，一群穿白色练功服打太极的晨练阿姨爷叔们正动作整齐地运动。"我们在City Walk的同时，你很难不被城市这样的景象震撼到。"丁广吉说。

2024年

上海当代艺术博物馆：电场24小时

2012年10月1日，位于原世博园浦西园区的上海当代艺术博物馆重新发电，自此，改造自原南市发电厂、2010上海世博会城市未来馆的当代艺术馆及其标志性"大烟囱"正式走入上海市民的视线。

开馆以来，它所引入的高质量的展览补充了目前上海当代艺术展览场的缺口，无论是"电厂：超越现实——法国蓬皮杜中心藏品展"还是"安迪·沃霍尔：十五分钟的永恒"都为本土打开了一扇西方当代艺术的窗口。当代艺术开始逐渐走入市民的视线。在适逢一周年之日，当代艺术博物馆推出了其一周年开馆收官之作，"时代肖像——当代艺术30年"，10月1日当天，还推出了"电场12小时"特别活动，从早上9点持续至晚间9点的不间断的艺术活动将成为今后每年它与申城市民的固定约会。

早上9点，一席百米长卷在当代艺术博物馆门口铺就。数十个来自全市各院校的小朋友们带着自己的水彩颜料，蹲坐在地，绘画属于自己的艺术蓝图，他们有的画的是自己所在的校园，有的则把上海著名景点东方明珠、外滩通过自己的想象画在长卷上。甚至人物肖像也成了他们绘画的主题。

上海当代艺术博物馆标志性"大烟囱"

2016年上海当代博物馆举办的第十一届上海双年展"何不再问"

坊间

而在一楼的接待处，不少成人观众跟着一群孩子一同参观场馆，这群孩子就是当代艺术博物馆培养的一支青少年展览讲解队——"小蜜蜂"导览团。孩子们讲解时佩戴着小蜜蜂扩音器，以采集、普及当代艺术知识的使命而得名。主办方希望青少年保持敏锐的发现眼光，鼓励他们勇于从个人经验出发，对当代艺术作出独特的阐述。

走上当代艺术馆的三楼，其周年特别展"时代肖像——当代艺术30年"以其震撼人心的大幅人物速写、人物雕像展示在参观者眼前。它所汇集的全国117位艺术家，近千件代表作品，涵盖了绘画、雕塑、装置、影像等门类。展览不仅回顾了20世纪70年代末期的"星星画会"，80年代的"八五新潮"，90年代的国际认可，2000年以后的商业成功直至今天的全面繁荣。展示了中国当代艺术30多年的发展历程。

当天最激动人心的是从下午3点持续至晚间9点的长达6小时的实验音乐与剧场演出。其演出时间之长堪比今年来沪大热的赖声川话剧"如梦之梦"。这次颇有实验意味的表演被命名为"1吨半实验剧场"。"1吨半"是上海当代艺术博物馆小剧场的长期计划，作为馆庆活动首次被推出，来自上海和北京的声音和现代舞艺术家们会展开6小时的接力表演。

"一吨半"演出开始，当代艺术博物馆小剧场座无虚席。上半场的实验音乐环节中，来自上海的实验民间乐队戏班出场，它成立5年以来被评论界激赏为"跨界音乐的横空出世"。中国最早独立厂牌创建者、著名自由即兴吉他演奏家李剑鸿也带来其自由演绎的演出。而来自新疆的哈萨克族音乐家马木尔和他的IZ乐队在中国的独立音乐界是一个具有传奇色彩的名字。当天最后一位出场的音乐人小河，头戴绍兴毡帽，他曾经做过很多跨界的合作演出，其中包括为孟京辉戏剧和陶身体剧场的作品作曲，先后参加过法国阿维尼翁戏剧节、香港艺术节等国内外重要艺术节和音乐节。

压轴演出是中国著名现代舞团"陶身体剧场"。他们向在场观众展示了其舞剧作品《2》与《4》。在《2》中，两位演员身着土绿色服饰紧贴地面，并随着呼吸进行身体律动，伴奏鼓点的音乐节奏时快时慢，身体的高难度动作也逐渐呈现出悲喜的情绪。而在《4》中，4位女性舞者以长达半小时的身体拉伸扭转移动等动作传达了生活及生命的程式感。整场演出观众静默无声，沉醉在舞者的身体表达中。"陶身体剧场"曾被中国台湾云门舞集创始人林怀民评价为"21世纪之舞"，也被美籍华人舞蹈家沈伟称为"拥有独特纯朴的艺术方向和对身体动作深入的挖掘和极限有力的表现"。

此次周年特别演出的策划人、知名乐评人孙孟晋说："'一吨半'计划，是一场打破底线的艺术尝试，也是关于中国文化美学新血脉的检阅，其现代性不仅是肢体性的，也不仅是两极意义上的跨界，而是从身体到灵魂的未知性体验。"

2013年

上海爱乐乐团：经典配乐诞生地

音乐，塑造着城市的艺术气质。从20世纪50年代初成立的上海电影乐团、上海广播乐团，到90年代合并组建的上海广播交响乐团，再到2004年更名为上海爱乐乐团，这是一支孕育、成长在黄浦江畔的职业交响乐团。在上海爱乐的历史上，一位位音乐家的身影、一部部作品的呈现，成为这座城市一个时代的华彩乐章。上海爱乐乐团的前身之一是上海电影乐团，响彻神州大地的《红旗颂》的第一声在这里奏响，众多耳熟能详的电影音乐亦诞生于此地……

上海爱乐乐团坐落于充满老上海情调的静安区曹家渡街道武定西路上，乐团所在的这栋百年花园洋房被列为上海市第四批优秀历史建筑。不论是古朴雅致的行政主楼，还是现代摩登的排练厅，都极具典雅风情。

爱乐是一支生长在居民区的乐团，它紧邻着居民住宅与南西幼儿园，走进爱乐，绿树掩映，巨大的草坪与修旧如旧的老洋房错落有致。百年历史在其传承的乐章间流动。每一块花砖、玻璃，大门的铁艺纹路，都在大修中被完好保留，让人们可以窥见这幢百年建筑的风采。

上海爱乐乐团排练厅

上海爱乐乐团大门

曾经见证一代经典动画配乐的诞生

民生现代美术馆的重磅大展"绘动世界——上海美术电影的时代记忆与当代回响"中，展览有一部分展陈可让市民戴上耳机听动画配乐。

但很少有人知道，当年的上海美术电影制片厂的配乐，就有一部分在武定西路上海爱乐乐团的前身上海电影乐团内录制，一部分则在宝通路的上海电影技术厂录制。爱乐老楼内的录音棚，曾经为著名的《哪吒闹海》《弹起我心爱的土琵琶》等电影录制配乐。而从爱乐走出的著名作曲家们为新中国电影、动画事业做出了巨大的贡献。

许多参与动画电影配乐的音乐家都来自爱乐乐团的前身上海电影乐团。

据上海电影乐团著名作曲家金复载的好友、《葫芦兄弟》编剧姚忠礼先生介绍，当年动画电影的配乐分为先期配乐与后期配乐。采用哪一种配乐方式，完全看动画片导演对这部动画的安排。

比如《三个和尚》没有台词，简单的几个旋律，让人物刻画得栩栩如生。动画师则根据音乐节奏把画面展现出来，先期配乐就是"画配音"。

《哪吒闹海》里的配乐更令人震撼，千年前编钟的声音放入配乐中，65件青铜编钟、5个半八度、12个半音的音域气势磅礴。《哪吒闹海》中部分的动作场面都是先期配乐，也就是先创作出音乐，然后导演再根据音乐进行画面创作与调整，整体又做了后期配乐"音配画"。

爱乐乐团相关负责人谈到"精益求精的态度让《哪吒闹海》中的音乐和画面完美契合，比如在李靖抚琴的时候，你仔细看会发现其中的神态动作以及弹琴的指法和音乐是完完全全对得上的。"

在上海爱乐乐团团史馆，金复载先生的作品几乎贯穿了80后、90后的童年：《三个和尚》《哪吒闹海》《金猴降妖》《宝莲灯》《山水情》。经典的动画电影，每一部都让人至今难忘，只要其配乐一出，所有人儿时的美好记忆都能重现。

当年的音乐家以满腔的热忱投入工作，忙碌时甚至吃住都在团里。爱乐乐团的一幢楼曾经是员工宿舍。据姚忠礼先生回忆，当年上海美术电影制片厂不少动画片的采风，作曲组的音乐家都要全程参与。"大家坐在一起就是聊业务，怎么一起把事情做出来，做好。真正了不得的艺术是单纯的。"

这种"匠人精神"贯穿在每一个音乐家与动画家的工作细节中，在水墨动画《山水情》的演奏现场，6位动画家呈扇形围绕演奏家龚一而坐，从不同角度用速写的方法记录下弹奏每个音节的指法，保证最后的画面和人物动作完满对接。

以有涯之生命，创永恒之艺术

回顾爱乐乐团团史，群星闪耀，辉煌璀璨。

上海爱乐乐团是在原上海广播交响乐团基础上组建起来的

职业交响乐团。上海广播交响乐团的前身之一是成立于1956年的上海电影乐团,为新中国成立以来上千部影视剧创配过音乐。1996年,上海电影乐团与上海广播乐团合并组成上海广播交响乐团。2004年4月,乐团正式更名为上海爱乐乐团。

爱乐前身上海电影乐团是上海市电影局的下属机构,专为上海各电影制片厂配录电影音乐。设有管弦乐、民族乐两个乐队。王云阶、吕其明、严祖兴、李怀广、顾黎平、徐景新、池永法等先后任团长。

王云阶参与作曲配乐的20多部电影脍炙人口:《阿Q正传》《林则徐》《三毛流浪记》《万家灯火》《乌鸦与麻雀》等为影迷熟知,而他为电影《护士日记》创作的歌曲《小燕子》更是传唱度极高,荣获了第一届当代少年儿童喜爱的歌曲奖。

吕其明也是原上海电影乐团的老团长,曾荣获"七一勋章"。他10岁参军、15岁加入中国共产党,80多年来,他用音乐为党、为祖国、为人民服务。为献礼建党百年,吕其明又创作了《白求恩在晋察冀》《手拉手》《祭》等交响作品,并创作改编了经典作品《红旗颂》的管乐版、钢琴版,让红色旋律深入民心。

徐景新是原上海电影乐团团长、艺术总监,现任上海音乐家协会顾问、中国电影音乐学会副会长。他2002年的舞剧《闪闪的红星》的音乐获文化部第十届文华音乐创作奖。他创作的影视配乐《小街》《日出》《烛光里的微笑》《还珠格格》等也都脍炙人口。

寄明是第一个把钢琴带到延安的人,并谱曲了中国少年先锋队队歌——《我们是共产主义接班人》。

葛炎的《芙蓉镇》《阿诗玛》《天仙配》《天云山传奇》《高山下的花环》同样陪伴了一代人。

1943年,老团长王云阶满怀着壮志雄心应邀前往西宁筹建青海省立音乐学校时,曾请当地的一位刻字家,用青海石刻了一方印鉴,上书自题座右铭:"以有涯之生命,创永恒之艺术。"这是他当年自勉励志之词。回溯团史,一代音乐家以有涯之生命,创永恒之艺术,为上海乃至中国的电影音乐进程写下了璀璨华章。

建筑:凝固的爱乐之声

音乐是流动的建筑,建筑是凝固的音符。上海爱乐乐团位于武定西路1498号的花园内有近现代不同时期建(构)筑物11处,是近代花园洋房。其中,行政楼被列为上海市第四批二类优秀历史建筑。

据1935年的《上海电话簿》载:开纳路282号住户为买办叶启宇,花园洋房实为叶启宇1926年兴建的私人宅邸,1927年4月建成,叶启宇在同年4月至12月之间入住,1937年迁出。

2018年,经全面修缮后,建筑整体的外观风貌和特色装饰依然保留了老楼记忆中的温润雅致。整体的环境从原来的封闭走向开放,设备设施全面升级,建筑修旧如旧。

上海爱乐乐团喷水池

上海爱乐乐团外景

据爱乐乐团工作人员介绍，大修中，其行政楼的花砖地面、雕花木门、铁艺造型、彩色玻璃花窗等都得以原样保留。

行政楼的门厅处，还做了一些别有巧思的设计。门厅的六扇仿古木门前的小平台，可依功能需求进行平移，门厅可以瞬间变为一个小型舞台。爱乐也在此举办了多场小型室内乐演出。流动的乐章与老楼环境融合在一起，成为观众特别的视听体验。

此外，行政楼前的喷水池也令人想到邬达克爱神花园的喷水池，据了解，喷水池原先的雕塑是"女神怀抱金鱼"，和爱神花园喷水池雕塑类似。修缮后成为如今的"幼童嬉水"像。

2024年4月，上海市2024年度演艺新空间授牌仪式举行，上海爱乐演奏厅正式挂牌市级"演艺新空间"。自2019年起，上海首推《上海市演艺新空间运营标准》，在大中型专业剧场之外，将写字楼、商场、园区等非标准剧场转换为"演艺新空间"，为不同类型的演出团队提供更多的演出场地。作为传统演出场所之外拓展出的全新演艺空间，上海爱乐演奏厅经整体修缮，拥有了卓越的声场设计和音响设备，可以为市民带来音乐演出、文化交流、艺术教育等多元体验。改造后的演奏厅上方还设置了录音棚，在演奏厅内举办的音乐会可以进行同期录音。

2024年

蔡国强的白日焰火

蔡国强在这个城市读了大学,然后再从这个港口出发。

8月8日下午5点,当代艺术家蔡国强在上海当代艺术博物馆外的黄浦江上,完成了其国内首件"白天焰火"作品。八分钟打出漫天花花草草,优雅静美。这也正式拉开了"蔡国强:九级浪"展览的帷幕。

曾在巴黎塞纳河以夜晚焰火引起当地热潮,此次却选取了白天的焰火。对此,蔡国强说,白天与晚上有所不同,白天用烟,晚上用光。烟与中国水墨更接近。

第一个章节由白色与黑色组成。黑白波澜壮阔覆盖天际,也仿佛是中国古代山水面的笔法,行云流水。最后以墨绿色融入收尾。第二章节天空中出现了斑斓的色彩,壮丽辽阔,如彩虹,如花朵,让在场人群发出阵阵惊叹。第三章节结束后天空遗留了许许多多的黄色。而蔡国强称对黄色的运用是因为"他自己在湖南乡下被蓝天中的黄色烟火打动了。"

整场焰火秀没有用复杂材料,它由食用色素、食品粉、洗衣色料等无毒符合环保标准的成分构成了八分钟的仪式。

蔡国强在焰火爆破后接受采访时说:"虽然天气不理想,但最后呈现的是非常中国绘画的效果,第三幕我担心它会被空

黄浦江上的"白天焰火"1

黄浦江上的"白天焰火"2

黄浦江上的"白天焰火"3

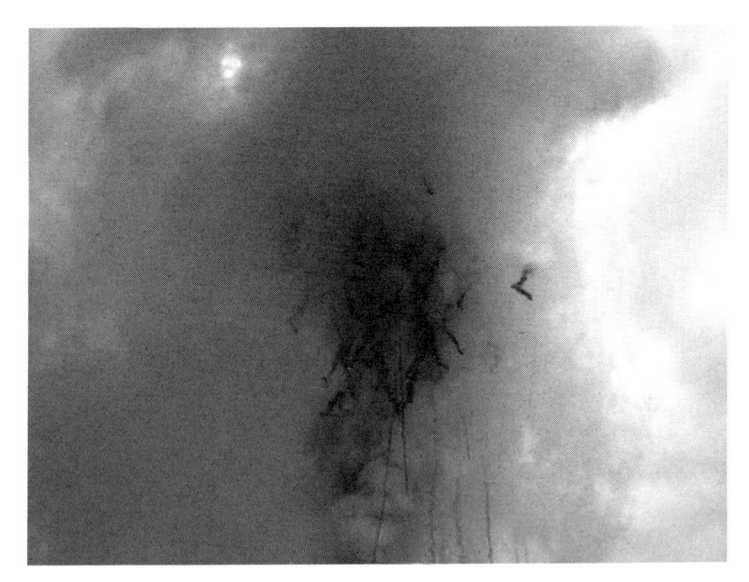

黄浦江上的"白天焰火"4

黄浦江上的"白天焰火"5

坊间

中的材质压住，但最后显得很有力量感。我常感觉我的作品有另外一个大师在与我工作。"

"很多事情大家和我一样都不知道，那就是这个艺术对我的魅力"。这是蔡国强对其作品的评价。

而"九级浪"展览将带大家看到更多蔡国强"不可预知"的作品：巨幅爆破《没有我们的外滩》，经火药爆破点缀的白瓷作品《春夏秋冬》，由99头仿真动物组成的《撞墙》，以及当代艺术博物馆拆了大门才运进室内的船只作品"九级浪"。

2014年

蔡国强与"九级浪"　　　　　　　"白天焰火" 6

人民照相馆：老字号探求新生

时代变化，要留下仪式和感动。现代人生活节奏快，人情味没有以前这么浓厚，人和人之间比较淡薄。照相是个仪式，一家人穿戴整齐，聚在一块儿，拍上一张合影，是很有意义的一件事，也是和谐社会的一种体现。

田子坊文化创意中心举行了一场老字号创意市集。不大的场馆内，光明食品、国际饭店点心部、上海牌咖啡、奇美鞋业济济荟萃。

人民照相馆在市集内开出了一个微型照相馆，仿古苏式园林背景，仿古茶具、桌椅，江南风格的照相馆布景吸引了不少游客前来拍摄"观光纪念照"。而本土的居民也兴致盎然地带着全家人来拍摄全家福。老照相馆如何在新时代背景下依然保持与时俱进的活力，并依旧保留传统特色？百年照相馆人民照相馆总经理陈龙、副总经理陈林兴给出了他们的答案。

人民照相馆作为一个老品牌出现在田子坊这样一个创意市集扎堆的地方应该还是首次，这样一个比较"潮"的创意市集为何会吸引老品牌参与？

上民照相馆的"老法师"工作中　陈刚毅摄

拍照前挑选旗袍的上海lady　陈刚毅摄

陈龙：我们希望更多年轻人能认知接受老品牌。老字号缺少走向老百姓的道路，所以老字号更要走出来。除了参加豫园的一些老字号博览会、购物节的中华老字号博览会外，我们还希望有更贴近年轻人的渠道。在对田子坊的受众调查中我们发现，这里以年轻人居多，所以我们决定在此"试水"，看看年轻人对我们的反响。

人民照相馆是历史极为悠久的照相馆了。过去大家还未进入数码时代时，照相馆也是大众生活的重要组成部分，是吗？

陈林兴：确实是这样，以前拍婚纱照、全家福与个人照片都要去照相馆。过去人民照相馆在淮海路上有很大一个门面，可以说是门庭若市。如今总店搬迁至巨鹿路，依然会有很多当年的老顾客打电话来想拍照。很多顾客都非常怀旧，希望能看到以前的照片。在我们照相馆能看到恢复传统的结婚纪念照。

从业至今有没有一些让您印象特别深刻的顾客？

陈林兴：我在人民照相馆工作30多年，去年碰到一位居住海外的老先生打电话来，说自己当年的结婚照就是在人民照相馆拍的。如今，自己儿子也要结婚，希望儿子也能在人民照相馆拍上一张结婚照。于是他的儿子也在人民照相馆留下了人生纪念。当时那位老先生还特意写了篇文章，叫《两代人民缘》，纪念他们一家人和人民照相馆的缘分。

一代人对照相馆都是有很深刻的感情的。

陈龙：我们举办过一个活动。凡是25年前在淮海中路人民照相馆拍过婚纱照的顾客，只要能找出当年拍摄的婚纱照，就能到上海人民照相馆免费重拍婚纱照，那时每天都有几十名市民，带着自己数十年前拍摄的婚纱照，赶到巨鹿路上的人民照相馆，重温曾经的美好。

陈林兴：当时我记得还有一位90多岁高龄的旅美华侨，40年前，他们全家在淮海路上的人民照相馆拍了全家福照片，她和丈夫的银婚照和金婚照都是在人民照相馆拍的。所以，这次回国她就想找人民照相馆拍摄一张四代同堂的全家福照片，在费了一番周折后，才通过114找到了我们人民照相馆的电话，问到了我们照相馆的地址。

现在的影楼拍照和老字号照相馆最大的不同在哪里？

陈林兴：我过去在照相馆当了几十年摄影师，最早进人民照相馆用的照相机是最传统的"座机"，是个大家伙，一直用到20世纪80年代。胶片成像，自己手工调焦。我们拍照讲究尽可能保持真实性，也尽可能少PS。大家来照相馆拍照一般都是重大事件的记录,如结婚、生日、全家福。照相馆要做好历史的记录,真实逝去了,那么照片的味道也没有了。审美确实有时代性,但留下真实很重要。

老字号照相馆如何在这个全新的时代保持积极活力?

陈龙:时代变化,要留下仪式和感动。现代人生活节奏快,人情味没有以前那么浓厚,人与人之间比较淡薄。照相是个仪式,一家人穿戴整齐,聚在一块儿,拍上一张合影,是很有意义的一件事,也是和谐社会的一种体现。

现在很多新式照相馆一味地把人拍得很漂亮,回过头看其实非常不真实。我想我们的照相馆在了解年轻人的诉求的同时,积极参与年轻人的推广活动外,也要保持自身原有的特点,留下老字号的传统味道。

2014 年

南京路长跑队：跑到80岁

我们就是发扬了"上海精神"，你说哪有一个群众组织义务搞了33年比赛还搞得下去的。这也是我们的一个梦。

"我跑了20年，这些年拿了金牌一块，银牌两块，铜牌无数。到今年6月都要过80岁生日了。80岁后我还想跑下去。"他们是上海最年长的马拉松长跑队员，平均年龄70岁，最年长的长跑者已经90岁。长跑队成立于20世纪80年代，从人民大道跑到南京路，再跑向全市。他们有个响亮的名字：南京路长跑队。泰国、日本、希腊……他们没有现代的跑步装备，穿着最简易的运动服，却屡屡折冠，跑向全世界。

褚炳扬，时年78岁，南京路长跑队队长、亚洲老将运动会竞走亚军。

杭友勋，时年79岁，南京路长跑队队员，2013年希腊马拉松75岁年龄组亚军。

南京路长跑队历史有多久？为什么会成立这样一支长跑队？

南京路长跑队合影

坊间

褚炳扬：1980年，南京路长跑队创始人徐孙烈老师以个人名义创办了马拉松比赛。南京路长跑队就一直延续到现在。最早徐老师和队员们从人民大道跑到南京路。我们大部分队员早上7点多就开始沿着公园跑，一圈5公里，10圈50公里。平时我们分开锻炼，一个月有一次集中比赛，我们长跑队有国家裁判负责测试。

我们这些人很早就开始参加马拉松了，聚在一起都是因为个人兴趣。我从18岁开始跑，已经跑了60年了，上海最早的马拉松比赛是1958年，我也参加过。以前我们长跑队从上海沿着公路跑到北京，跑了20天。

当年的长跑队肯定和如今年轻人的团体有区别，那时大家是怎样的训练状态？

褚炳扬：现在整个长跑队有80个人，如今入会只要交20元钱。我们那时条件都很一般的，哪像现在装备齐全，那时穿个线衫线裤、马甲短裤就可以上场了。

我们队里的邢士升20年前就破了全上海的记录，在当时的上海是最好的成绩，而全国的最好成绩也在上海。还有90岁的孙晋科，是我们这里年纪最大的了，一直坚持在国外参加马拉松比赛，拿了很多冠军。

因为什么而开始长跑？

褚炳扬：我最早开始跑步是在以前的南市区，环城跑，每天训练队会给1角3分钱的营养费，我拿去吃点大饼、油条、鸡蛋。晚上和训练队一起睡在体育馆里。这些年我最好的成绩是拿过亚洲老将运动会的第二名。

杭友勋：我跑全程马拉松，一般用时2小时55分。我老早上班的时候，从家到单位3公里，我就是跑来跑去的。

跑了这些年，印象最深刻的事是什么？

杭友勋：我2013年破了全国老将运动会的记录。2011年我乘硬座48小时去了西藏，到了拉萨完全没反应，参加了当地马拉松，绕着拉萨跑。去年用退休工资自费花了15000元去希腊参加马拉松，我们长跑队里有26个人去了。那里的地貌类似大连，有坡度，我们绕着爱琴海跑，跑了40公里，当地居民都夹道欢迎。希腊马拉松赛按年龄段分了7个组别，我拿了75岁年龄组别的亚军。那时我们受到了雅典市长的接见，还和当地人民一起种下了友谊树。

我跑了20年，这些年拿了金牌一块，银牌两块，铜牌无数。到了今年6月我就要过80岁生日了。80岁后我还想跑下去。

我还去参加了上海比较有名的"金桥八公里"赛事，我年纪太大了他们不让我报名，我就自己和年轻人一起跑。新天地的一个马拉松也是，我也和年轻人跑在一起。

跑马拉松最关键的诀窍是什么？

褚炳扬：马拉松靠的是速度与耐久力。长期锻炼才能出成绩。要经常跑，也要定量。关键在35～36公里时坚持下来最难。

据说，你们有个南京路长跑比赛已经办了33届？

褚炳扬：今年4月我们就要举办长跑队的第33届南京路长跑比赛了。每年办一次。

我们就是发扬了"上海精神"，你说哪有一个群众组织义务搞了33年比赛还搞得下去的。这也是我们的一个梦。

长跑队去哪些地区参加过马拉松比赛？

褚炳扬：现在我们的长跑队几乎在全国都跑过马拉松了，也去别的国家参加过比赛，美国、日本、泰国、希腊都去过。副队长龚鸿飞短短几年间，还带领队员参战过北京、杭州、厦门、广州、郑州、长春、兰州，还有贵州、西藏、山东、宁夏的一些地方。

怎么概括我们南京路长跑队的精神？

褚炳扬：我们跑步就是为了健康，倡导健康马拉松。队规是真诚、奉献、和谐、健康。我们有个队员医院曾经给他下了五张病危通知，现在通过运动也逐渐康复了。

我们长跑队里还有不少夫妻档，刘松鹤、韩根娣夫妇为了防止肌肉萎缩始终坚持箭步竞走。因为我们是纯公益组织，2010年他们还捐出了全月的工资给长跑队，资助了第31届马拉松比赛，精神非常可贵。

我们希望更多的年轻人也能加入我们当中，我们不为成绩，就是为了生活愉悦、身体健康。希望我们南京路长跑队能一直传承下去。

2014年

第一届上海杯马拉松比赛秩序册　　南京路长跑队的长跑老者

七旬老人背包游世界

旅行最需要的品质是什么？是勇气。

一次偶然的机会，我造访了73岁的老人戴树良。老人第一次踏出国门时已60余岁，没学过英语，语言不通，在欧洲买火车票都要费半小时。但靠着勇气与一股执拗劲儿，十余年来他自己做攻略，住青旅，已环游了51个国家和地区。在老龄大学执教时，他的传奇经历更让慕名而来的学生们辗转大半个上海来听课。而他也将旅行中积攒的500多张旅行"小贴士"卡片和各种私家旅行教程，无偿地教授给他的学员们。

戴家数十年来居住在南华新村，后单位分房搬至常德路康定路附近的小区。退休前，他为改善住房搬离。"我和我妻子在南华新村成立家庭，有了我女儿。妻子在市西中学任教，女儿也在此就读。退休后，我开始在老龄大学执教，并开始尝试背包旅行。"

退休后，他开始了长达十余年的旅行，如今已走遍了亚洲、欧洲、北美洲、大洋洲。"我一开始旅行在外从不带手机。但也没觉得有任何麻烦。孤身出门在外时对我帮助最大的有

苏州河2016　施丹妮摄

坊间

留学生，有外国人，还有青年旅馆的工作人员。"住青年旅社，戴树良总要拜托青年旅社的工作人员为他订好下一站的住宿房间。

他2004年就去了西藏，2009年去印度，在当时来说都是比较冷门的旅行地。在西藏孤身住在吉日青年旅社的日子中，老先生还与时俱进地通过青旅布告牌寻找驴友。并在青旅伙伴的共同组织下去观看了天葬。"2004年时，外来游客还允许观看天葬，一人收35块钱。"西藏的风土人情让戴树良非常震撼，并决心与年轻驴友一起走一条罕有游客经过的线路——阿里环线。

宗教、人文、独特自然风光都是戴树良喜欢西藏的理由。"我特别喜欢看历史遗迹。"因此，人文、历史遗迹都成为戴树良日后旅行的重点。他秉着不走回头路的原则，从青藏线进川藏线出，一路游览了西安、青海、格尔木等地。"路上一道搭车的都是小青年，他们都对我这个老头子一个人背包旅行很感兴趣，也非常乐意与我交谈。"

戴树良说，旅行前做好功课非常重要。去美国前，他足足花了一年的时间来准备。"不过我视力也不大好，做功课时的空隙还要去切切青菜、切切萝卜，做做饭。"而他用来参考的书籍也是背包客才会去读的专业旅行书籍，如《孤独星球》《走遍全球》。老先生旅行的宗旨是，大家爱去的热门景点可以去，但冷门的地方也绝不可错过。

孤身在外，困难是特别多的。语言不通，不会网上订票。

有时买不到车票急得发晕，但是解决了特别高兴。有一次他从美国去加拿大，到达机场时已是深夜。他暂时没法找住处，便和当地机场工作人员用简单词语攀谈，表示自己孤身旅行，是否能够借宿一晚。于是他在员工办公室外得到了一晚的住宿，半夜，一位外国工作人员还为他送来了热腾腾的夜宵。

有一年，他自组了13个人的自助游小团队共游东南亚四国。从老挝万象到泰国过境时，签证遇到了些问题，被官员拒签。他没有放弃，坚持到泰国驻老挝大使馆用简单英语加手语理论，并成功拿到了老挝万象至泰国廊开的签证。他说，成功就在再坚持一下的努力中。

周游各国，戴树良坦言自己是靠着三句短语走天下：Chinese，No English，Please help me。（我是中国人，不会英语，请你帮助我。）而自己身上也有着一些适合在外旅行的品质，"自来熟"，爱与年轻人攀谈。年轻人的帮忙成了他路上最大的助力。

孤身上路，无论在新西兰、澳大利亚还是法国，他都非常注意观察。一些路途遥远的冷门景点，他一大早四五点就要出发去浏览。晚上6点他一般就会回到住处。他说："一人出门晚间逗留不安全。"这也是他对许多孤身上路的"背包族"的忠告。

谈及旅行最需要具备的品质是什么？戴树良说，是勇气。很多地方你想去一定要马上去。要有说走就走的勇气。另外，在路上也要仔细，在墨西哥时，他遇到一个小偷假装要去帮他擦身上的番茄酱，而一旁的同伙正在偷他的行李。"其实那个小偷是自己将番茄酱挤在我身上的，还好被我及时发现，保住了自己的物品。"

回来之后，他把自己路上的经历在老龄大学以授课的形式与老年朋友们分享。不少中老年学生听了在印度与尼泊尔的经历都下决心开始自己的首次自助旅行。还有一些年轻人，听说他在老龄大学上课，竟辗转全市五六所老龄大学来寻找他听他讲授。戴树良介绍，每次旅行后，他都要花大量时间将自己的旅行经验整理成教程，如浏览欧罗巴的序曲，认识犹太人，了解基督教，懂得古罗马；到意大利领略古罗马历史风情；他还详细介绍了阿尔及利亚、埃及、埃塞俄比亚、南非、澳大利亚、新西兰等地。每一章课程都极具实用性与艺术性。这位"七旬背包客"已成了他学生群中有口皆碑的"金牌导游"。

2015年

戴树良手绘旅行线路　　　　戴树良手写旅行攻略

八旬老人绘"清明上河图"

家住光华坊的87岁老人蒋振国离休以来创作了200余幅的连环画及多幅十米长卷,为社区的邻居们留下了珍贵的"清明上河图"。

在铁道边结缘连环画

蒋振国20多岁入职上海铁路系统,在当时的职工文化学习班他迷上了画连环画,之后便成了《上海铁道报》的专职通讯员与插画师。在铁路工作期间,最令其印象深刻的是放工的钟声。他说:"一般学堂放课是敲钟,我们铁路下班是敲铁轨,一根铁轨敲一下一公里范围都听得到,比撞钟声音还响,在铁路上班的工人老远就能听到。铛铛铛的撞击铁轨声,这预示着一天繁忙的工作终于结束,总算可以休息了。"这些凝聚着历史瞬间的画面他后来都记录到了连环画里。白天上班,晚上画画成了他年轻时的日常。

当时,铁路系统一位"老法师"一直是蒋振国学习的楷模。"我当时笔法还很稚嫩,画画纯凭兴趣。"当时《上海铁道报》有一位专职插画师的作品成了他的效仿对象。一开始还只是临摹,其后,蒋振国便开始探索自己的风格。他翻开一页页早期作品，每段时间的风格都有所变化。最早的漫画风格逐渐演化为20世纪宣传画的体裁。有反映生产工作的，有体现员工业余生活的，还有呼应当时国内外时政热点的。有单幅也有四格，其绘画线条与理念之新甚至与如今的漫画相比都不见逊色。

离休后仍笔耕不辍

1993年离休后，他仍笔耕不辍。不少邻居都称："蒋老师对社区的熟悉程度，闭着眼睛都能画出原貌来。"蒋振国回忆道。老闸北古迹并不多，大多为纪念地。凭着60余年在这个社区生活的记忆，他把每个阶段的芷江西社区面貌以绘画的方式记录了下来。

旧时芷江西一带被称为指江庙，秋季，乡亲还要祭拜土地神，在谷场舞龙庆祝丰收。史料记载，指江庙又名司徒庙，位置在芷江中路553号原新光百货商店处，相传始建于宋代。由于这里古时候地物景观单一，科学文化不发达，古庙对这里的人文活动有相当深远的影响。当时地面高度在3米左右，低于潮汛水位，且昔日吴淞江流经老闸北南部，北宋后期该江淤塞，潮汛、洪涝之灾甚烈，人们难以抗拒自然灾害，建庙求神成风。

清光绪八年《宝山县志》有记载："潮灾间岁有之，俗称霸王潮，故里社建立庙宇，多奉祀汉初功臣以祈压制。"指江庙的命名含义是指吴淞江潮神之意。1937年"八一三"事变时，指江庙遭日机炸毁一半房屋，1946年重修。1957年为建止园新村而拆除，1959年止园新村落成。因庙得名的"指江庙路"也被改建，变成了如今的芷江中路和芷江西路。止园新村建成的那一年，芷江西路靠近芷江中路的那个路口还建起了一座星火电影院，用来放电影和召开大会。后来中兴剧场拆除，星火电影院更名为星火影剧院，居民们都来这里看电影和参加活动。其后由于此地危棚简屋众多，为了进行旧区改造，给居民提供良好的生活环境，星火影剧院和它所属的238街坊被拆除。

在蒋振国的画中，无论沧海桑田风云变幻，一幅幅连环画记录了身边每一个改变的瞬间。

独创"散点透视法"

蒋振国绘画时先用铅笔打底稿，再用墨笔勾边，一幅幅连环画随着他的落笔而定格。那个年代鲜有照片，好在这位在铁路局搞了一辈子绘画工作的离休干部练就了一手好功夫，能将记忆中的旧日场景用笔复现出来。

离休后，他为自己毕生挚爱的芷江西社区画一套浓缩了前世今生掠影的连环画。历时一年，完成十米长卷，每个细节都是故事。不仅车站有故事，火车头体育场有故事，医院门口也都有社区老百姓的故事。

翻看蒋老的画卷，每一个人物都活灵活现。比如在医院门口拦车的人，在体育场看热闹的围观群众，等等，表情栩栩如生。60多处景点，生动再现；300多辆交通工具，有动有静。画作描绘出高楼林立、树木葱郁、车水马龙、居民安居乐业的景象，让人感受到了社区繁荣、和谐美好的生活。他挥动画

《星火影剧院》 蒋振国绘

笔，将身边一个个生动的场景泼洒在画纸上，其中，各式各样的人物就画了1170个，如做好事的居民、购物的顾客、在社区学校学习的老人等，他们流动在像铁路上海站、宋园茶艺馆、闸北公园、大宁国际广场等60多处。包括轨交、大小汽车等交通工具。他以风俗画反映着自己生活数十年的社区的风土人情。蒋振国说，长卷里面的每一个场景都是现场写生的。在创作中，他运用了很多艺术手段，对描绘的人和事，用比喻、借喻、夸张的手法来展现，并采取独有的"散点透视法"组织画面，使画面显得长而不冗，繁而不乱，严密紧凑，一气呵成。

2017年

蒋振国打开画卷　　　　蒋振国的书桌

汕头书屋：
"书报大王"三十载报摊纸张情

福州路、西藏路口，王培新的汕头书屋已经开了30多年了。因过去老式居民区改造而废弃的弄堂里，偶尔有行人穿过，也是为了到达弄堂那一头的写字楼。而30年前这里热闹非凡，弄堂熙熙攘攘，居民穿梭而过，王培新因此就在此开设了一个不到20平方的书报摊。"那时生意好，看书报的人也多。"王培新说。

在2014年市民文化节家庭阅读大赛中，王培新一家被评为全市百户市民阅读家庭之一。颁奖大会上，他领来了奖状，端端正正地摆在书报摊他的一方小小的工作桌上，旁边搁着他常用的紫砂壶，下午没事的时候喝茶、看看报纸杂志，这几年，这样空闲的时间在他的日常中越来越多。生意大不如前，但他还是坚持早上8点半开门，晚上9点半打烊，365天每天如此，连过年都一样。"我们这个书报摊年初一都是要开门的，人家要来买书买杂志，30多年了我们都习惯了。"

如今电子互联网业的发展影响着这些书报摊的营生，对王培新来说，书报摊每月能盈利1500余元维持基本开销已很乐观。他有时自嘲："以前玩笑说造原子弹不如卖茶叶蛋，现在

汕头书屋主人王培新　周菲摄

汕头书屋的小读者　周菲摄

坊间

卖报纸杂志的还不如卖蔬菜的。"即使这样,他每天早上依然一早清点每天的报刊杂志,整理上摊,风雨无阻。王培新说:"这个书报摊,只要还有人喜欢就一定要坚持下去。"而喜欢这个书报摊的人不少还是些从小买到大的熟客。

小白就是其中一位铁杆粉丝,他第一次来汕头书屋买杂志时还是初中生,其后全家因动迁离开,然而只要经过福州路,必要来王培新这儿逛一逛,买几本杂志回去。如今,小白已为人父,依然要定期来这儿买几本军事杂志。他说:"汕头书屋的杂志全上海最全,什么杂志都能在这里找到。"随便报一个杂志名,王培新就能准确指出它存放的位置,它的价格,它的内容,由于曾与一些杂志有发行合作,连一些杂志社的运营情况他都心中有数。甚至香港早期的一些冷门潮流杂志、设计杂志、电影杂志王培新都烂熟于心。一些来寻觅杂志的小青年不得不佩服:"爷叔太潮了。"

至于这些熟客,王培新早已把他们当亲人看:"小白刚来买杂志报纸的时候,身高才到这里。"王培新比了比胸口的位置。后来,小白把他太太也带来了汕头书屋,并介绍这是他少时读书的"圣地"。于是他太太也开始把汕头书屋当成了购书购报的好去处。

"前几天,有个小姑娘特意过来找我,问我记不记得她。女孩子变化大,我一下子也记不起来。"原来那个女孩子是汕头书屋的老顾客,20岁时常在这里买书。"她说现在已经30多岁了,孩子都很大了,特意来这里看看我。"王培新的汕头书屋是不少周边长大的孩子美好的青春与童年记忆。

"以前来我这里买报纸杂志的小孩前途都很好，有些财大毕业后去了美国，年薪都不只500万的哦。还有些在社会各个岗位上都担任了领导的职务，他们也会来和我讲。"王培新说起了些"孩子们"，颇有些自豪与欣喜。在他眼里，爱读书的孩子的未来都不会差。而他至今都能马上脱口说出那位上海财大毕业的学生常买的那几本杂志，"他喜欢看《读书》《环球科学》《科学世界》，军事类杂志也时常买一点"。

至于现在小青年都喜欢用iPad看电子杂志一事，王培新也坦言这是时代的潮流，电子书确实很方便，连他女儿都喜欢看电子书。可是他依然坚持"书本里的知识是电子媒体无法代替的，电子媒体大家拿手指点点就看看标题重点，读不深的"。

随着年龄的增长，王培新的视力也有些减退，"年纪大了，视力不好，就还是想多看纸张，翻翻报纸喝杯茶，还是很惬意的"。他坦言，对他和不少中老年人来说，看电子读物还是很费力的。如果没有纸质的杂志报纸，会造成他们这一代的"阅读断代"。

"纸张多少年了，是有千年传承的。"对纸质媒体，王培新有着深深的感情，他觉得书报还是要传承下去，就算现阶段有些困难。当记者问及王家女儿会不会把这个汕头书屋继续做下去，王培新的神色充满不确定，"年轻人也有年轻人自己的事和爱好，况且现在这里经营状况勉强维持，是比较难的"。

王培新现如今和他太太一同换班经营着这一方小小的书

报摊，人在，书报在，大家记忆中的汕头书屋就还在。他拿出小顾客发的微信朋友圈给我看，一张汕头书屋的照片配着一段文字："今天经过全上海第一书报摊，满满的都是青春回忆！"王培新笑着说："全上海第一不是我自己说的，是这个小孩自己封的。"

2015年

丰子恺"日月楼"的陈列室

陕西南路、长乐路绿树掩映，此处坐落着一座二层小楼，这便是丰子恺先生的旧居：长乐邨的"日月楼"。1954年秋日，丰子恺一家从福州路搬至此地，在这里度过了21个春秋，这里也是他在上海居住时间最长的地方。2010年，丰子恺后人曾以民办公助形式在此创立丰子恺旧居陈列室，作为民间博物馆免费向社会开放。

走进丰子恺旧居，沿着木质楼梯而上除了史料陈列、作品展览外，最多的就是海内外游客的留言。

在丰家后人为参观者准备的留言簿上，来自各地的参观者都在上面留下了其参观感言。"与喧闹的街市相隔一墙，这里分外安静，可以触摸到上海文化的内核。""谢谢丰氏后人，为我们在这尘嚣中创造了一个灵魂生活的居所。"而在其三楼，则是为丰子恺的《护生画集》特设的展览陈列室以供参观。

丰子恺旧居皆由其后人进行管理维护，当天在故居内值班的丰子恺外孙指着阳台的偏安一隅说，那就是早年丰子恺进行创作的地方。

丰子恺作为现代画家、文艺大师，留下了栩栩如生、形象生动的一大批漫画作品。女儿丰一吟等亲属自筹资金在陕西南

丰子恺在长乐邨门口

路回购了房屋，以民办公助形式，获准注册了丰子恺旧居陈列室，作为民间博物馆免费向社会开放。自2010年3月19日开放以来4年间，接待参观人数达4.3万人。为普及、宣传和推广漫画，陈列室与多所学校联手，连续举办三届"丰子恺日"与单位合作，免费开展丰子恺文化艺术讲座，在沪上声誉鹊起。2008年底，丰氏家属出资350万元收回了旧居的二楼（亭子间除外）和三楼，修缮后，完成丰子恺旧居的陈列展示。

丰子恺旧居陈列室的开放还吸引了大批外国游客前来参观，2013年5月18日"国际博物馆日"，举办了"外国人眼中的丰子恺旧居座谈会"，中外人士在丰子恺旧居开怀畅谈，并把旧居的历史、陈列的展板翻译成英、法、日等不同版本，传播丰子恺的艺术文化。

丰子恺先生的后人宋雪君、杨朝婴、杨子耘与热心志愿者共同维护着丰子恺旧居陈列室，家属轮流值班。丰家后代抱定一个意愿：一定要在这仅有65平方米的陈列室内，把更多的丰子恺艺术作品向更多参观者展示。

他们不但自己打理陈列室的日常运作，还自己设计、制作展板，在小小的三层楼内分别展出了丰子恺的旧照片及丰子恺的护生画资料，还在二层楼口精心设计了丰子恺"三层楼"语录，让很多来客感动。丰老的后代还将丰子恺4300多幅漫画、959篇文章做成方便使用的电子资料。一位台湾参观者多年来一直想要一幅丰子恺的漫画无法遂愿，那天他报出漫画的题词不到10秒钟，电脑就显示出了这幅漫画，他马上把作品发到了自己的信箱。参观者激动地说："你们后代做了一件大好事！"在网站上，除了丰子恺的散文与漫画，还有大量读者研究丰子恺的文章，成为旧居与国内外读者沟通的桥梁。

陈列室受到参观者的好评，全国各地甚至海外的受众络绎不绝与日俱增。在精心经营旧居陈列室的同时，宋雪君、杨朝婴、杨子耘等丰老的后人还做了几件好事。无偿提供丰子恺的作品用于学生教材和公益宣传。在中宣部、中央文明办、国家新闻出版总局等七部委开展的全国"讲文明树新风"公益广告宣传活动中，由上海推荐的丰子恺漫画入选全国刊播首批通稿作品，其中不乏几代人熟知的丰子恺"护生画"。

2014年

丰子恺旧居陈列室　　　　"日月楼"旧居

带特殊儿童看世博

何金娣说她人生中有三个"百年难遇":特奥会、奥运会、世博会,她都有幸成了亲历者。2007年她培养了一批优秀的特奥会运动员;2008年她在上海举起了奥运火炬;2010年她带着辅读学校的孩子们进入世博园区,圆了孩子们的世博梦。而她自己的世博梦也随之实现,6月21日,中共党员、全国劳动模范、卢湾区辅读学校校长何金娣走上了位于世博园区鲁班路出入口的志愿站点,实现了她人生中的第三个梦想:成为世博"蓝精灵",带辅读学校的特殊孩子们去看了世博会。

许诺带孩子们看世博会

辅读学校的学生,在何金娣的生命中占据着极其重要的地位。让他们看世博会,是她早就许下的诺言。

为此,何金娣6年前便做起了"功课"。2004年,她着手编印了第一本详细介绍世博会的特殊教育教材,让她的学生有机会第一次认识了世博;2008年,何金娣又在学校设立了每月一次的世博主题教育周,让学生们学习世博英语、唱世博歌曲、跳海宝操;2010年,世博会开幕前夕,她为学校所有的

何金娣（上海市首届教育功臣）

195个孩子家庭向区残联和教育局争取到了每人两张世博会门票。尽管做了许多，但她还是顾虑：是否所有的孩子们都能看上世博会？

何金娣的担心并非多余。即使有了门票，把这些有智力障碍的孩子带去看世博，仍是部分家长想都不敢想的事情：孩子们会不会出现身体不适，体力上能否适应长时间的行走，情绪是否会容易激动？为了能让这群特殊孩子享有和健全孩子同样的机会和权利，她决定做一次大胆的尝试——自己带着他们去世博园。

何金娣坦言：参观世博会，不是一件轻松的事情。这种不易，并不是需要排多久的队伍，抑或是顶着多大的风雨和烈日，而是这群特殊的孩子本身。由于孩子的特殊性，她需要尽量多的人手来帮助自己，"现在出售的团体票，说是15个学生配置1个老师，而我们是1个学生身边至少要有两个老师作陪。老师不够，我们就邀请社会志愿者参与"。

出发前两个月，何金娣确定了最不可能独自去世博园的30名孩子名单，并联系了志愿者，让他们来到辅读学校，接受了一次全面深入的培训。她和学校老师为志愿者们讲解如何陪护智障儿童，以及每个孩子的性格特点和生活习惯。

出发当天，何金娣还为每个孩子配置了遮阳帽、小水壶。为避免孩子走失，她还特别准备了此次活动的挂牌，上面写有志愿者的姓名和联系方式，一旦孩子离开志愿者的视线，挂牌上的信息可以及时帮助他们找到老师或志愿者。考虑到有可能出现的突发情况，活动还全程聘请了医疗救护队。何金娣说："做充足的准备和周到的安排，就是希望给这群孩子一个安全、快乐的世博之旅。"

正如何金娣所希望的，当天的参观活动很成功。孩子们不仅领略到丰富多彩的各国文化，也为世博园送来了惊喜和感动。在美国馆前，孩子们和部分老师表演了舞剧《走进2010》。大家说，那不仅是献给其他游客的，还是献给他们亲爱的何校长的。

要做带来微笑的"蓝精灵"

何金娣说，能在家门口担任世博志愿者她感到非常幸运。连日来，她像陀螺般围着世博工作连轴转。清早6点，她作为街道平安志愿者要在公交站点值班服务，7点她要忙着赶回学校处理公务，下午4点，她化身为"蓝精灵"向四方游客带来微笑与帮助。

6月21日是何金娣上岗服务的首日，也是学校学期总结最忙碌的日子。何金娣换上蓝色志愿者服，一边向冒着酷暑游园游客递上扇子，一边不停解答着游客有关停车场位置、出入口交通信息等形形色色的琐碎问题。卢浦大桥站由于毗邻世博出入口，人流量非常大。大家都劝何老师调岗去室内站点，但何老师却坚持要在这个站点服务。"既然来做志愿者了，就要过得充实忙碌。志愿者工作对我来说不是负担，而是享受。"

为了当好站点志愿者，何金娣在上岗前去了世博园区整整6次，"每一次去都有新收获"！为熟悉地理环境，她走遍了园区的每个出入口,乘坐了包括地铁、轮渡、公交在内的所有交通工具。她表示,做好有心人才能更好地服务游客。一天,有位老伯从1号门出来,却不知道旅游团在哪里集合,发现自己的手机也丢了。焦急的老伯找到何金娣,耐心的何金娣赶紧安慰老伯,问清了旅游团的名称,通过多方联系找到了旅游团的领队,获悉了集合地点,并叮嘱出租车司机一定要把老伯送到目的地。"当那位团队领队打电话来,告诉我老伯已经归队,我悬着的心才安定下了。"

有时,何老师也爱"管闲事"。一次,一名外地游客找到志愿者站点,要求志愿者帮其订当日的酒店,何金娣帮忙打了好几通酒店电话,发现世博园周边酒店都是客满。于是她通过私交找到如家酒店的经理,让其帮忙解决一家四口的套间。最终订到了满意的经济型房间,为游客一家解决了住宿问题。"我很少因为自己的事去麻烦别人,但这次是为了游客。"

丈夫是她的志愿者

世博卢浦大桥志愿站有7个站长,几乎每个站长在中午都会见到一个熟悉的身影:何金娣的丈夫。不论晴雨,何金娣的丈夫每天都坚持到站点给妻子送饭,而在妻子吃饭的时候,他便在站点当起了临时志愿者。"他干得特别起劲,有时我吃完饭来轮换他时,他都不肯走。"这样一个不穿制服的志愿者也成了卢浦大桥站的一道风景线。"我先生是志愿者的志愿者。"何金娣笑称。要说丈夫与志愿者的渊源,还是何金娣"逼"出来的。"当时学校要推选平安志愿者在公交站点值守，每天早上6点半就要上岗。我们学校家住郊区的老师占大多数，太早都没有车。"于是每天6点两人迎着晨曦，成了这座城市最早出现的"橙色天使"。

"橙色天使"当了没多久，她就兼任了世博"蓝精灵"。"知道要去卢浦大桥站点当志愿者后我很兴奋。但是有一点我很担心，因为我是个路盲。"何金娣说到这里不好意思地笑了。"好在我有个好的志愿者，我先生。"志愿上岗前一周，何金娣要求丈夫带她再去熟悉一次园区，排摸线路。于是两人走遍了所有水门、陆面入口、园内公交站点、13号线站点及所有的场馆片区。最后路盲的何金娣让丈夫先回去，自己沿路返回兜了整整六七个小时，记住了所有公交与各区的往返线路。当家住川沙的老伯问起何金娣如何从1号门回川沙时，她毫不迟疑就给出了"806换徐川线"的最佳路线，好比站点"活地图"。从路盲到"活地图"，何金娣付出了她自身的努力，也得到了家人无私的奉献与支持。

直到晚上10点半，何金娣才结束了她一天17个小时的工作时间，她逐渐已经适应了这样长时间的世博作息。"特别是当我的学生游世博园后碰到我在站点，露出惊喜又激动的神情，我就觉得一天的工作都值得，他们也是我的家人。"

2010年

平奇灵先生对本文亦有贡献

今天不休息的"马天民"

马人俊,浙江省余姚县人。1952年,只有17岁的他在上海市公安局闸北分局指江庙路派出所(现为芷江西路街道派出所)当上了户籍民警。1959年,上海海燕电影制片厂根据马人俊的优秀事迹拍摄的电影《今天我休息》在全国公映后引起强烈的社会反响。影片中的主人公"马天民"也从此成了全国人民心中人民警察的榜样。

马人俊与《今天我休息》

《今天我休息》在20世纪五六十年代曾风靡祖国大地,始摄于1957年,杀青于1959年,那时正是"大跃进"刚刚结束,三年困难时期刚刚开始,这部电影拍了两年,成本仅5万元,利用最简单的方式,所有的布景都是现成的,衣服也是借的,这部简洁的电影聚集了一批那个时代最当红的演员。

这部电影至今来看也堪称经典,主题表达鲜明,主要表现了一位民警一天的生活,始终围绕一个主题——全心全意为人民服务。"主角马天民这个名字的寓意就是天天为人民服务。前几年,饰演马天民的仲星火老师过世了,现在这部片子所有参演演员只留下了一个护士,其他老师都一个个地离开了。"

马人俊（左一）与仲星火（左三）

说起这个剧组，马人俊一下子打开了话匣子。导演鲁韧为了深度表现民警形象与马人俊恳谈了许多次。马人俊家中至今珍藏着他与仲星火及其他剧组成员的合影，两位"马天民"坐在一起，堪称历史性会晤。

回忆起这部电影，马人俊说："《今天我休息》这部电影反映了当时五六十年代人民警察的真实形象，我也是原型的其中之一，这部电影中有些情节经过了艺术加工。一些故事是指江庙路派出所的故事，主创们也下到派出所体验生活、采风，但因为当时我们派出所确实硬件条件困难，《今天我休息》就在漕溪北路派出所拍了。"

艺术源于生活：《今天我休息》来自连环画《复杂的地段》

《解放日报》1955年开始刊载以马人俊为主人公的连环画《复杂的地段》，1955年，上海人民美术出版社将连环画结集出版，这才有了1959年家喻户晓的电影《今天我休息》的诞生。

这本珍藏了60余年的连环画已经非常旧了。当时马人俊是上海市公安局闸北分局指江庙路派出所的户籍警，他负责的区域叫谈家湾，是一个复杂的地段，当时有无底洞之称。17岁的他初到谈家湾的时候，人地生疏，连居民讲的苏北话都听不大懂。后来他逐渐认识到，搞好工作必须深入群众、依靠群众，于是他全力融入居民，帮助居民铺路，台风来了他半夜去保护居民的房子，全心全意解决居民的困难。1955年，他出席了上海市青年社会主义建设积极分子大会，并被授予治安模范称号，同时被推选为出席全国青年社会主义建设积极分子大会的代表。马人俊回忆，被评为先进后，不少记者来写报道，体验生活就好几个月，当时《解放日报》记者来了好多个，连著名作家巴金也来采风。一夕之间，他便家喻户晓了。

从群众工作走出的好民警：工作离不开老百姓

在芷江西路、大统路附近居住了50余年的一位80岁居民住房动迁，老居民特意找到马人俊，告诉他动迁的好消息，这个地块曾是马人俊负责的辖区。几十年过去了，老百姓还记得他，让他心中特别温暖。问及马老的当一个好民警的诀窍，马老笑一笑说："工作哪有什么别的法宝啊，就是把老百姓当亲人。"

15岁的马人俊从当时七宝农业职业学校（现七宝中学）毕业后，1950年开始担任民警。"我们这批学生原本报名参加抗美援朝，训练了很长时间，当时国民党一批警察退役再安置，新中国的警察队伍需要一批新鲜血液，1950年我就被分派到了当时龙华区的宝南派出所。一年后，我就转派到了当时的指江庙路派出所，这一待便是10年。1962年，我赴北站街道新疆路派出所任指导员，其后又于闸北分局工作。70年代后，我在上海电器成套设备公司任职至1996年退休。"

当时担任居民区"片儿警"，基本都与居民打成一片。居民的事就是自己的事。邻居街坊与社区民警的关系都特别好，女儿取名、毛脚女婿怎么样这些家务事都要先问一下马人俊。马老回忆，刚参加工作时他才15岁，单位一年只给民警发两套衣服，春夏一套单衣，秋冬一套棉衣。然而寒冬腊月，一套棉衣依然单薄得很，辖区老百姓们每次巡查都会关切地问，小马，衣服够穿吗？一些热心的百姓还会把自家的衣服拿来给他御寒保暖。

一次，马老奉命为抓捕一名犯罪嫌疑人而蹲守多日，然而因刑侦经验不足，犯罪嫌疑人狡猾地提前撤离。社区的居民百姓们知道后，主动为其担当"线人"，每天在犯罪嫌疑人常出没的区域蹲守，整整十四天后的一个半夜，马人俊终于在居民们的帮助下找到了隐匿的犯罪嫌疑人。"那时候和现在不同，没有天罗地网般的摄像头与监控系统。如果没有人民支持我的工作，我们当时警察的工作根本没法开展。"

工作的"三大纪律八项注意"：从"警察先生"到"小马"

马人俊回忆，当时当民警有着铁一般的"三大纪律八项注意"：工作时需要自背水壶，不准在所负责的辖区内买东西，遇到犯人不准动手。但凡有居民求助，4小时内必须予以回复。全年无休，24小时办公。居民联系箱每天准时8点开箱，下午5点也要开一次箱，每日两次绝不休息。

当时户籍警还要做到两句话，一句叫"听音知人"，就是听到声音就知道是什么人、住哪里；第二句话是"见人知行"，就是你看到这个人就知道他的历史，18岁以来的历史全可以讲出来，而且他平时的表现、他的工作情况都要掌握。

马人俊每天都会定时去看望社区中的老人。一日，一位王老伯突发心脏疾病，马人俊到达他家时，其子女已将老人安置在一口棺材中。他心生纳闷，昨日还健康又健朗的一个人，今天怎么就去世了。他凑上前去，发现王老伯还尚存一丝气息。家人都说救不了了，他却坚持要找医生再看看。当时芷江庙地区连一个正规医院都没有，马人俊只能背着老人找私人诊所，到了诊所，他要求医生打一剂强心针，身上却一分医药费都没有。情急中，他想起身上这件绒线马甲是姐姐刚织好给他的，便去当铺典当了8角钱作为医药费交给了医生。这才救下老伯一命。当时8角钱是马人俊一个月的工资。

马人俊负责的区域有7个困难户，每日三餐不继，为了保证他们的日常营养，每天清晨，马人俊都要去菜市场买一些便宜的蔬菜、豆腐等熬粥给这几户困难户送过去。直到政府开始为其发放补助。在特殊时期，正是由于马人俊的这些特殊的营养供给，这些困难居民才得以生存下去。为了让居民们弄堂里的路更好走一些，马人俊着手给辖区里的四条弄堂铺路，没有水泥，就问当地的四明堂要材料。终于把路铺好，百姓们日常生活也更方便了。他还要帮助怀孕的妇女们去挑水，帮助他们做家务。"那时警民关系真的同电影里说的一样。民风也特别淳朴，可以说是路不拾遗、夜不闭户。"

刮台风时，该地区简陋的住所根本不能抵抗巨大的风力，屋顶都快被风掀起，为保障居民的财产与房屋安全，马人俊每次在台风前夕，都要帮助居民把几户人家的房屋固定在一起，这样才能在台风天气里保持稳固。当时我尽一切可能多做实事、好事，通过不断努力，警民关系改善了，开始群众叫我"警察先生"，后来叫我"马同志"，再后来都叫我"小马"。

谈起自己的从警生涯，马人俊感慨万千，老领导曾对我说，参加工作后一定要记住三句话：第一句话是路不要走错，就是听共产党话、跟共产党走。第二句话是袋不要摸错，就是清洁廉政，不能贪污。第三句话是床不要睡错，就是作风要正派。这三句话是我牢记一辈子的箴言。

少时夫妻老来伴

革命时代的夫妻也有着深厚的家国情怀。与《今天我休息》的马天民一样，马人俊当时也有一位支持他工作的女朋友——张盼兮。夫妻两人在当时一个先进表彰会上相识，夫人当时于徐汇某派出所任民警岗位出席会议，两人因共同对事业的热爱而相识相知。由于当时马人俊几乎不领工资，薪资微薄，于是靠着夫人的薪水与分得的南京东路一处小住所便结婚了。夫人张盼兮笑称，那时哪有酒席、婚纱照，我们俩被子拼一拼就算结婚了。

由于夫妻两人都是从事警务工作，两人从警的17年来从未吃过一顿年夜饭。"当警察最怕过年过节。"当时两个孩子只能寄放在弄堂食堂吃饭，由左邻右舍家帮忙照顾，或者由9岁的儿子来照顾6岁的女儿。虽然其后两人都转任工厂担任领导，但从未在子女工作一事上干预一丝一毫。儿子学校毕业后自行找到工作，女儿在国营厂下岗后老夫妻俩也从未动过任何念头让孩子在自己任职的工厂就职。外孙女从小跟着外公外婆长大，赴澳大利亚留学后在当地原有不错的工作机会，当征询外公马人俊意见时，马老坚持，留学生一定要回国，为祖国做出贡献。

退休不退岗发挥余热

1996年他从上海电器成套设备公司退休后，一次突发的脑溢血疾病让身体一向硬朗的马人俊身体一下子垮了下来，但这件事也让他收获了意外的感动。生病期间，电器厂的职工都知道了老领导的情况，陆陆续续来了100多人看望他，医院病房被挤得满满当当。医院护士都好奇，是不是病房里住了个大人物，仔细一问才知道，马人俊在厂里任职期间帮助了不少工人，许多人都在内心深处记住了这个为人民服务的好领导。

退休后，他为工厂一手创办了劳模公司，负责帮助原工厂销售一些滞销的材料物件，所赚的17万元悉数捐献给工厂劳模、困难群体或作为礼品过年过节发放。2004年，他应邀加入了上海百老讲师团、公安局讲师团等多个公益队伍，日前还受聘于静安区江宁路街道党建工作导师团。这些年来他讲了200多场，听众达10多万人。每年，马老甚至还要赴江苏、重庆等各地巡讲。虽然退休了，但他为人民服务的党员岗位却从未退下来。在社区内，他也不忘发挥余热，他所在的居民区内有位"两劳"人员（劳动改造和劳动教养人员的简称），孩子品学兼优，但家庭经济尚不宽裕。马人俊不仅与这户家庭结对，帮助孩子解决学费与日常学习的困难，还与该户家长定期谈心、疏导,用"老民警"的工作方法让其放下心结,重回社会开始工作生活。居委会的社工们还经常登门造访马老,向其请教做好群众工作的秘诀与方法。

他在家闲来无事就会翻翻当年的报章、照片及剧组的资料。在指江庙路派出所的任职10余年是80多岁马老人生中难以忘怀的燃情岁月,让马人俊与当时的民警结下了深厚的友谊。9月,当年指江庙派出所的12名老同事还在一起赴太仓过了一个1000岁生日。共同回忆当年"全年无休"的青春岁月。

马人俊说,《今天我休息》是解放后第一部讲警民人情味的警察电影。时代不同了,警察的工作内容不同了,这也为现在的警察工作提出了更高的要求。但无论什么时代,都要和人民心连心。

2017年

年轻时的马人俊　　　马天明原型马人俊讲述他的故事

前言

改革开放以来，中国的发展开了新的篇章，中国人的形象也展现当代风格的独特性态。从1970年代末期的"星星画会"、1980年代的"八五新潮"、1990年代的新生代，以及2000年代的新生力军以及当今日新月异繁荣多元的当代艺术，中国当代艺术已经走过了三十多年的发展历程。这是以形式多方内容丰富的三十年。中国的文学艺术与复杂现实一体化转型，既呈现出以现象学的语言，当代艺术正以独有的当代人的阅读方式生存、一起出来。不仅被广大的生命体以及以上部分的心灵有到顾承来最近广泛的思维及人们身的影响。国此上部写最快速一部的国家发展的。

"时代肖像：当代艺术三十年"的一个呼应新近学术内容集成。长篇互动互通艺术形式特色的当代艺术艺术家的展示。这次上展代表说1978年"改革"、"开放"为切入点进程当代中国当代艺术的发展。

exhibition curated by the Shanghai Power Station with the transformations in the images of Chinese old years so amply presented to the greater to see the vitality and plenitude of Chinese society vicissitudes of the times as well as its rapid pace hold the prospect of how Chinese art has become contemporary art has become Chinese. We present with its theme being the portraits of contemporary able to strike a chord about history as well as the minds of every viewer.

Power Station of Art

时代肖像
当代艺术三十年
PORTRAIT OF THE TIMES
30 YEARS OF CHINESE CONTEMPORARY ART

在场

后台

后台是个光怪陆离的有趣地方，舞台上或是金戈战马或是咿呀吟唱，后台却以另一种超现实的面貌呈现，它离现实稍微近一些，却超出了我们往常所接触的现实所在。

今年有幸去过的两个后台，一中一西，相映成趣。福州路上的天蟾逸夫舞台，彼时上演京剧社团秋韵社的周年庆大戏，受友人相邀寻访后台。青衣、花旦正在描眉扮装，一身素白戏衣，眼角眉梢都露着戏文味，口中却和近旁的化妆师侃着自家孩子学堂内的有趣琐事，几位上了年纪的资深票友带了花篮来看角儿，化妆室内几个人闲侃着家常，寻常谈笑，倒也有几分"穿越"的意味。

秋韵社不少演员都是律师行的律师，于是上一秒见他们西装革履、风风火火地夹着公文包进驻化妆间，看上几页白天的文件资料，笑称自己是跑龙套的，下一秒赭白油彩脸上一抹，眼角眉梢写上了戏，便作势吟唱起来，与先前判若两人。而后去服装间更衣，吊嗓，配着舞台侧帘的胡琴声，后台便弥漫着这种与白天毫无关联的幻境。戏还未开场，后台已早一步虚幻起来了。

待到铙钹司鼓就位，那一声鼓点一下，大幕拉开，角儿们

天蟾逸夫舞台后台

走上台前，观众掌声如雷，镁光灯下儿女情长，生死缠绵，那倒是另一出戏了。未上台的尚在侧帘候着场，属于他们的戏还未开始，他们扮作另一个人装束齐备地和身边的人说这点那世上的寻常事，那也是另一出戏。

今年年初探访过文化广场舞剧《妈妈咪呀》的后台，尚不是演出时间，舞台空旷无一人，可容纳数千人的观众席像个巨大的黑洞。大幕遮着的空间掩藏着演员迅速换装所需穿的各式衣物，台上的各色道具舞美脱离灯光时也远没有台下看起来那么光鲜雄伟，细瞧亦不过是一些表皮剥落的石膏道具。陆陆续续有几个演员穿着家常衣服进到后台，公告栏上排布着剧组的工作事务表，渐渐地，化妆间的灯亮了起来，人愈聚愈多，那些希腊风格的裙子等着它们各自的主人前来认领。后台那场沉静的默戏已经结束，每个人都知道夜晚大幕拉开后会是场狂欢。

这世上总有些分不清台上台下的人，也总有些辨不明戏里戏外的时刻，于是演了虞姬的当真在台上自刎，演了黑天鹅的也把生命在舞台上释放殆尽。人生中那些台上台下的起承转合，后台的时间总是特别漫长，倒不若也看成一出戏，这出戏漫长奇谲还没有光照耀，也透着点荒诞和家常的美。大师基耶斯洛夫斯基的《维罗妮卡的双重生活》里，波兰的维罗妮卡在台上唱着圣歌死去，倒还有千千万万的维罗妮卡在后台寻常生活着。

2013年

后台化妆室

侧幕候场的演员

在
场

被留住的旧时光

独立电影《大自鸣钟》里面，有着文艺情怀的城管队员问在大自鸣钟市场卖碟片的美女小贩，"侬叫苏三啊，名字倒是蛮洋气的嘛"。对方答，"洋气撒啦，苏北阿姨勒三楼卖片子"。不日，浩荡的城管队伍就要去整顿苏三的摊头。这个戏谑电影场景就发生在老早的大自鸣钟市场。如今沪西大自鸣钟电子市场早拆掉了，当年流连于此的文艺青年们却把它留在了影像里。现实世界时时刻刻都在改变，而总有一些人在用自己的方式暂停并留住时间流里的美好时光。

南京有个地产商老唐开了一间文艺旅舍名曰"青果里"。初冬去南京小住，循着地图找到坐落在老城南的青果里。据说是笔厂改造的三层小楼，带一间可晒太阳的大庭院，院子尽头是不明年代的参天法梧。紧挨着青果里的是一间小小的咖啡铺子"青果咖啡"，据说在南京也已开设多年，在文艺圈小有名气。

旅舍的每个屋子都按老城南的地名做了划分，走出旅舍五分钟就是城南的市井生活：骑着黄鱼车在弄堂里穿街走巷卖菜的老伯，靠着老墙根晒太阳的老城南居民们……青果里的企划小亚刚毕业，2013年春天青果里开了业，她便着魔般地爱上

中国最早的便利店上海星火日夜商店

了这里。她告诉我:"青果里的意义是留住最后的城南,城南快被拆了,我们的租约也很难写,因而最后写的租赁限期是,2013至被拆。"作为一个外乡人,我并不太懂即将消失的老城南对南京人的意义,而一个大清早兜兜转转四十分钟便把这块最后保留的生活区走尽了,它萎缩的规模及其昭示的生活模式很容易让我想起上海的弄堂与北京的胡同。旧的会过去,而新的总是要来。

青果里的存在全然是为了留住眼前,它在前台向旅行者发放南京艺文地图。它的老板,一位有着人文情怀的地产商老唐还经常与众好友在其所创的青果咖啡夫子庙店里聊聊他的城南梦想。那间咖啡店就在秦淮河畔,最容易辨识的还是其门口如口号般的大标牌:不说再见的老城南。

小亚把我带过去的那天晚上正有个民谣音乐会,店里挤满了人,推开店门,马上发现这家店所充斥着的老城南印记。正门青果两个巨大的LOGO是当年城南老房子被拆除时残留的老木头,左侧是近百个抽屉堆放组成的木墙,而每个抽屉都来自老城南的不同人家,有些抽屉上甚至还贴着那一家孩子年幼时胡乱贴的卡通粘纸。我惊异得说不出话来,那简直是个巨大的城南博物馆,爱城南的人们在用另一种空间载体留住过去,一间咖啡馆,一个旅舍,一群人。而小亚也是这样一个学会计的90后女孩子,爱南京,有情怀,毕业后放弃了稳定的财务工作来到青果,她说想要和这群有情怀与梦想的人一起做点事儿。工作之外,她喜欢在南京骑行,看这座城的每个街市,每个拐

南京青果里

青果咖啡夫子庙店

角，一草一木，用自己的双脚与感知留住现在这个南京。当然这个南京早已不是《城南旧事》里的南京，它也许是"青果"的南京，每一代人用各自的方式凝固某一个阶段的城市风景，也是与他们成长记忆有关的风景。

从《苏州河》到《大自鸣钟》，上海也是历经几代人记忆的上海。旧的总是好的，因为它像是时光里的故乡，有小时候的玩伴、民谣、吃食。这样的时光与当年的情怀可存在模糊的叙述里，虚拟的影像中，由一群爱它的人把这旧时光冷藏保存起来。这些旧时光一点也不宏大，一点也不关乎未来。但没有人留住，便真的消失了。于是南京人老唐开始做青果，南京收藏民间旧物的私人博物馆"桐月春至"也在年轻人中口口相传，沪上不少摄影人穿街走巷拍摄老城厢与上海弄堂，怀旧的文字与图片不断在新媒体客户端出现并被广泛传播。确实没有什么能阻挡时代的前进，但每个短暂时代还有些愿意并留住记忆的有情怀的人在，那么这段记忆就不会消逝。

2013年

如今已是中国证券博物馆的浦江饭店（原礼查饭店）

浦江饭店内景

从晚晴小筑到西摩公馆

去年仲夏去了次乌镇,夏日油绿,也是那次,第一次敲开了晚晴小筑的门。

大概十几年前第一次开始读木心,知道他回国后先在通安宾馆小住了半年余才入住晚晴小筑,直到生命之歌谢幕。于是我出行乌镇,特意与家人也住在通安宾馆,一早散步,试图在古镇如今的匠气里找到一些过去的气息。一路游荡又路经木心美术馆——获得许多设计褒奖的建筑,抱着恭敬的心情去参观,里面陈设着木心物品,他的帽子,他的日常生活用品,还有摄影师为他拍的肖像照和一双巨大的"手"的摄影作品,在美术馆的显眼位置。木心的画作被专业陈列,作为他的读者,这也是我第一次近距离看他的作品原作,不少作品创作于上海,这是他与上海难以割舍的岁月。

美术馆的一侧的窗外是小河,窗外碧玉如洗,反射着游离不定的光,我在乌镇怔怔地看着他在上海的作品,想着一个人这一生与一座城市、一地的缘分。

在木心自述中,"方圆、老熊、六十、兆丁、陈妈、春香、莲香、顺英、秋英、海伯伯、管账先生、教师、阿祥、祖母、母亲、姐姐、我、姐夫、剑芬、溶溶18人——这样一个家我只经历了5年，之后在杭州、上海过了40多年，美国过了25年。"

转道东栅，有他仙逝前住了多年的晚晴小筑，当时刚刚对外开放，原本此行不在计划中。散步去东栅，一个寻常街巷，在一家兼做烟纸店的小吃店隔壁，太小太小的入口，和金宇澄老师在黎里的中金家弄一样小，一晃便过了。晚晴小筑门虚掩着，看着像是民宅不对外的样子，差点错过。

敲门进入，有工作人员问是否在网站做了预约。登记好信息，毕恭毕敬地进门。好幽深的院落，几进的厢房，分为花园、主楼、后院。最外做了主要展厅，展出内容和西栅木心美术馆大同小异。不同年龄时段的肖像照，同样陈列的还有那双手的近景摄影。

当时晚晴小筑花园正在整修，几个工作人员在做庭院的清理。园中草木茂盛，水池、亭榭、紫藤架依稀可见昔日之貌。木心先生书里有一张幼时全家人的合照，我对照看了看这个复刻故居的花园方位，也在同样的位置拍下了一张纪念照。穿过花园是他居住和工作的区域，曾经照顾他日常起居的两位青年小杨、小代曾经生活的厢房也布置成了展室。小杨、小代跟木心学画，师承一脉，展室里有不少小代这个年轻人的作品，有几分与木心相似。自2007年夏过晚晴小筑安居，木心和照顾他的年轻人在此度过了最后的五年岁月。主楼挂着一幅字，是他对晚年的评价，"此心有一泛泛浮名所喜私愿已了，彼岸无双草草逸笔犹叹壮志未酬"。我离开时，郑重端详了许久。

一年过去，日常生活和世上一切的景点一样繁忙热闹。我

西摩公馆

千禧年后

把此行忘在了乌镇,直到最近一日午间路过陕西北路太平花园,发现作为太平花园一部分的西摩公馆正在对外开放,这栋百年历史建筑被改成了展览与文化交流的空间,闲步走进,里面正举行中法文化周的中法女艺术家四人联展。老洋房的空间映衬着年轻新锐女艺术家的油画作品,有着奇妙的化学反应。二楼展示的法国女艺术家的水墨画也同样有趣,策展人甚至别出心裁地在展厅里布了几块太湖石。阁楼的另一侧,做了遮挡,门口标识着工作区域,观众不可进入。可是,我在这条警戒线处赫然看到那片区域墙上挂着木心的"手"——在乌镇我端详了良久的那双巨大的"手"。

展览的策展人郑阳说,那是20岁出头,作为摄影师时为木心拍的。22岁时,摄影师出身的他为晚年木心拍了一系列的肖像照,如今在木心美术馆看到的大量木心晚年照片都是郑阳拍的。他把那张先生"手"的照片带回了上海,甚至还为陕西北路西摩公馆展览空间为跟着木心学画的小杨、小代的作品做了展陈。他选择历史建筑作为展陈空间是因为木心先生说:"新的建筑不说话,旧的建筑会说话。"

20多岁,这群人生刚刚展开的年轻人,与木心在乌镇有了一段交往,十余年后,陕西北路的百年老宅里,这段缘分像是小说的暗线一般接续,而我这个旁观者偶然踏入,得以见证,仿佛是人生永恒旋律里的一段插曲。

隔了整整 年,我第二次看到这幅"手"的摄影,那一刻,才觉得那一次的乌镇之行才真正从我生命里结束。我从西摩公馆走出来,也好像方才从晚晴小筑走出来。

感到欣慰的是,那双"手"终究是回到了上海,那一刻被永恒定格,并在延续新的故事。

2024年

晚晴小筑

晚晴小筑内景

回眸拉萨

2012年底,我坐了48小时火车硬座从海拔3米的上海去了许多青年的梦想之地拉萨。由于行程计划,抵拉萨之日便与同伴往林芝方向赶,而后半个月兜兜转转去了鲁朗、山南、日喀则、纳木错等地,最后一站才回到拉萨。

一路上的高原反应都不甚强烈的我,从海拔近5000的纳木错直到抵达拉萨,反而有了些醉氧的不适感。各种商业网点星罗棋布,在内陆四处可见的连锁快餐店、中国移动、中国联通营业厅、超市卖场都比比皆是,拉萨在高原极度耀眼的阳光笼罩下,显示着与其神秘气质不符的井然有序。若不是醉氧引起的不适,我甚至怀疑自己身处内陆二线城市中。

我和同伴在拉萨暂住在朵森格北路的平措康桑青旅,那是内陆背包客的集散地,不少孤身进藏的人都会在平措及周边的青旅小憩,寻找一同包车上路的旅人。旅社公告板四处张贴着各条出发路线与征伴启示。与他们不同的是,拉萨是我们旅行的最后一站,大部分时间,我们这些归来的旅人看着这些newcomers带着因兴奋涨红的脸集队出发。西藏的日照很强烈,出发的人经常把自己全身包裹得像穆斯林。而门口的公告牌长年写着的句子是:走下去,未知的世界才有惊喜。他们一个个

布达拉宫

千禧年后

经过这个公告牌，推着沉重的木门决然而出。

拉萨也是各式飞特族（Freeter）的聚集地，他们在青旅门口贩卖着尼泊尔的服饰、毛毯、各式宗教类书籍纸张、首饰。攒够了旅费，这些人便收拾摊位，去往下一站。平措门口的长廊有个卖木桶酸奶的青年，高原的奶制品是非常畅销的，他的移动酸奶车一般会摆到晚上11点。那天我回旅社买酸奶，他却说今日要早些收摊，"今天是营业的最后一天。明天要往西北走"。在这个从广东湛江出发的青年的漫长旅行中，拉萨只是一个停靠站。

而拉萨对于更多藏人，是朝圣的终点。冬季，他们会从极遥远的家乡出发往前往拉萨朝圣，与杨丽萍舞剧《藏迷》中所描摹的一样，五体投地，长身跪拜，走一条漫长艰苦未知的朝圣路。在平日，若在拉萨早起，路上遇到最多的是祈福的藏民。他们沿着布达拉宫的转经筒行走并不间断默念着箴言，遇过一位藏族老阿妈的腰已经弯成了90度，依然踽踽前行，对藏民来说，信仰的力量是深入骨髓的。穿过八角街去往大昭寺，清晨则是另外一番壮观景象。附近还未开业的商贩、前来朝圣的藏民、本地藏民在大昭寺广场齐身跪拜，每日清晨例行的祈福仪式是他们一天的开始。结束跪拜仪式的藏民则拎着自家熬制的酥油，有序排队进入大昭寺听喇嘛讲经，向佛像叩拜，为寺内的酥油灯添油，抑或将钱物交予寺内随喜。喇嘛们淡然地说着我所不能理解的藏语，并将自制珊瑚绿松石等祈福宝物赠予虔诚的藏民。寺内、寺外都充满着一种与尘世平行的

布达拉宫转经筒

大昭寺外的朝拜者

宗教仪式感。这个时间的拉萨,商业社会还未醒来,寺外漂浮的层层香火烟雾还原了这个古老的地方1000多年来不变的精神内核。

离开拉萨那天,我本想去八角街买一些纪念品送给朋友,却发现这条街市已充斥着从义乌等地流通而来的工艺品,拉萨也已不可免俗地被商业的浪潮席卷,就像这个时代被那个时代席卷,以及中国无数个悄然发生着变化的城市一样。八角街四处开着川菜馆,大多数人听得懂并说着一口不错的汉语,拉萨的年轻人也追逐着流行,穿着美特斯邦威或是森马,像许多爱赶潮流的内陆青年一样。我们甚至在拉萨电影院吃了一顿布置西化口味不错的尼泊尔菜,在青旅旁的小咖啡馆喝上了与上海接轨的手冲拿铁。旅游业与过度文明化悄悄改变着一个城市,拉萨曾是那个拉萨,也再不是那个拉萨。它在逐渐变成一个真正的、想象中的城市。

郑钧在《回到拉萨》中唱起:"回到拉萨,回到布达拉。你根本不用担心太多的问题,它会带你找回你自己。来吧来吧我们一起回拉萨,回到我们阔别已经很久的家。"如今的现代人在拉萨找精神家园兴许已是困难重重,但拨云见雾下,我依然愿意相信拉萨还在。因为它依然最接近天空。有信仰,有想象,有传说,没有PM$_{2.5}$。

2012年

那些年的绿皮火车

火车是个会勾起无限情怀的交通工具。我八岁和父母一同坐着一辆慢吞吞的绿皮火车去无锡，车上有穿着古旧列车员制服的乘务员，他们推着推车来回走，轻轻吆喝，提供不大烫的泡面和咖啡。这是我有关火车最初的记忆。

我父亲读高中时是个叛逆青年，那时拿了我爷爷放在家里的两个月工资并孤身上了从上海开往别处的绿皮火车，他一个人在外飘荡了两个多月，没人知道他去了哪儿。而这件事，在爷爷故世两周年的一天，他突然和我说起，语气平淡得像说起隔壁家的一个孩子。他已经50多了，神态越来越像他的父亲，我知道他正在老去，还有他的青春里曾行驶过一列轰隆隆的绿皮火车。他高三那年甚至背着全家人坐上一辆开往北京的绿皮火车，去考电影学院。

所有人的青春都是场接力赛，我的青春里也有无数列绿皮火车。高考后，我和同学们买了一张售价仅7元的开往宁波的绿皮火车票。那年上海真热，40多度的明晃晃的天，车厢顶上是个摇摇欲坠的小风扇。我和四个同伴挤在那节闷热的车厢里，邻座的都是些赤膊的农民工，他们黝黑的身体挤压在一起，并没有使我们感到任何不适。我们看着他们，他们同时也

在羊湖

端详着我们，像是两个世界的人互相善意好奇地张望。

十八九岁的年纪，我坐着绿皮火车差不多逛完了上海周边的所有地方。一个人坐火车最不孤独，邻座的，走道的，那些平行世界中原本都不会交会的人都到了一个空间里。世界突然变得好玩起来。我曾经一个人坐火车时遇到了同校的师兄师姐，他们背着吉他，聊着天，看我落单，便把我这闲散的师妹捎带了一路。旅途中我们弹琴唱歌，在异地的古镇庭院内看月亮，散步。因是出乎意料的相遇，这一趟的绿皮火车就像是一场无预料的梦境。

人生中最长的火车记忆来自上海赴拉萨的48小时。因为没买到卧铺，我和一群背包族龟缩在普通硬座的车厢内。第一晚，一群人交流行程安排与目的地，整夜因兴奋无眠。车上孤身上路的女孩子很快就找到了一群驴友打牌消遣，后半夜聊起了各自旅行的经历，类似故事会的样子，白昼黑夜，昏昏沉沉，时间在那节绿皮火车上显得漫长与不紧要。目的地对我们来说如此虚幻，显得沿途的路程与站名也虚幻莫名。

我36小时都没有完整的睡眠，车过格尔木时，同车的大哥喊了一声："看哪，藏羚羊！"拉开窗帘便看到西部的有风沙的天，可可西里到了。我的梦与梦重叠了起来。当晚，我因高原反应开始剧烈呕吐，从一上车便开始不停吃东西以抑制高原反应的大哥也不再进食。当身体都在濒临崩溃边缘，我们便开始祈祷这48小时赶快结束。我们轮流把靠窗的座位让出来给不相识的同伴去坐，并互相鼓励期望能安然无恙到达圣地。

那节火车像是一场朝圣，素不相识的人给予温暖，经历煎熬，不问来路。原本孤身上路，却也收获了同行的同伴与温暖帮助，和人生倒是一样的。

在我的青春里，不断交替着平地与绿皮火车。那些平地的平常年华与火车上那些梦幻的画面成了我记忆中最大的部分。一根根联结遥远未来与现在的铁轨也在行进中越来越清晰。我想在未来很长的年华里，那些绿皮火车上的遭遇都能温暖生命中那些不期而遇的苍白冷漠岁月。因那节青春的火车曾开过，轰隆隆，盛大而热烈。

2014年

纳木措　　　　　　　　群山覆雪

岛

那个斯里兰卡女人指了指桌上的神像雕塑，问我，喜欢吗？三十美金。这是我在斯里兰卡机场遇到的第一个当地人，长得和少年时代的那些宝莱坞片中的没有差异。为了说服我把神像买下，她托着这尊神像指了指脑袋，"它代表智慧"。

提着那尊神像我上了去往印度洋某小岛的快艇。一个当地酒店设施考察项目，我需要在岛上待半个月。印度洋上的一个小岛，全部由外来人组成，马来西亚人、韩国人、印度人、加拿大人，他们说着口音复杂的英文，他们把所有上岛的男人称作Sir，女人称作Ms。先生、小姐抵达后被安排在整齐统一完全布局雷同的酒店别墅内。他们告知我，按时按点，会有人送来三餐，当然，如果愿意，我也可以步行十分钟去岛上的餐厅吃，每天两次，会有人按时来打扫。别墅内有三张床，两张沙发，三个浴室及一个室外泳池。我将在此度过漫长的半个月时光。起初，我对这一切非常满意。

岛上的三间餐厅，分别位于前台接待处、进入岛的码头处和一个与大海接壤的无边泳池旁。每一间餐厅提供来自不同国家的精美食物，我用两天的时间把这三间餐厅吃了个遍，并和中国籍的餐厅主管唐成了极好的朋友。这个来自国内广西北海

印度洋

的年轻人，一毕业就被该岛所属的酒店集团雇用，第一份工作便是离开家乡来到岛上工作。在这个岛上，他获得一流而系统的酒店管理培训，遇到了偶然来岛的世界各地人士。他在岛上工作三年，大部分工作之外的时间都用来与客人聊天，听世界各国的故事，但是他说他自己"不在世界里"，"世界在那些人的身上"。他正筹划回国，或是跳槽去别的酒店集团，去到一个有大陆的地方。在岛上，他待够了。我隐隐地可以感知到，大陆对于一个孤岛岛民意味着什么，更多的人，更多的机会，更多的传奇会发生。而我在岛上把我所有遇到的人数了数，也许还不如上海地铁高峰期的一节车厢人多。

花了半天时间，我就把一整个岛逛完了，并且拍下了堪比明信片风光的照片，蓝天白云，水清沙幼。我在第三天就感到了深深的无聊。我已经把所有酒店内提供的设施及岛上仅有的娱乐场所试了个遍。当地黑人每次打扫完房间后，都会放下手下的活和你啰唆半天，内容大抵都是"小姐，你是否需要在床上撒些玫瑰花瓣，小姐你是否需要在浴室享受个花瓣泡泡浴"之类，每次都需要花一些时间与他们解释，我并非来度蜜月的。这也成了我在这岛上占绝大多数的交流。

漫长的一周过去后，我开始每天定时去到岛上唯一一个足球场发呆，这片场地是当地员工用以排解无聊的运动场，没有草坪，光秃秃的泥土暴晒在太阳底下。那些一大早在岛上做清洁工作的员工，那些会做好吃海鲜的厨师们，还有那些肤色黝黑的当地人全部在此踢着球。下午三点的太阳没那么强烈，我认出几天前和我在酒吧聊过的斯里兰卡调酒师在那做守门员，他已经60了，有两个儿子两个女儿。在岛上的生活于他来说，是为了"养老"。那天在酒吧他送了我一瓶可乐，对我说，你所看到的，这岛上的一切都是假的。你每天踩着的亿万万吨沙子，是从远方的印度运过来的，哦，那些植被，当然也不是岛上的，也是别的地方移过来的，还有一砖一瓦。他不停地和我强调，这是个人工的，现代文明过剩的新大陆。

我周而复始地在这个人工岛上看着面前浩瀚无比的印度洋。天气不好时，这片印度洋会发出恐怖的令人惊骇的浪声。这难免令人陷入被隔绝的悲哀中。许多人从四面八方登陆到这个岛上，他们有不同的背景、不同的信仰与思想体系。他们用本不属于这里的东西构建着这片土地，而后接纳别处的人们短暂借住或栖息此地。我逐渐觉得有种类似社会起源的东西在此生根发芽。一个空中构造的社会，简单的人际与逻辑关系，新大陆的雏形也许是这样。不论各国人民因着怎样的目的来到这儿，他们都得在此居住或长或短的时间。和唐说的一样，这是一个离开世界的世界，或是另外一个世界的雏形。谁知道呢？

我的身边只带着一个不属于我生长的地方的神像，这是我除了生活必需品外唯一留着的东西。傍晚，我和神像在一起，极目远眺也难以望到彼岸。我开始忘了原先的生活逻辑，感到莫大的平静与安全。这个全部是假的他乡里，茫然天地只身一人，却有从未有过的确然存在的真实。

在离开世界最远的时候，也是我最贴近它的时候。

2013年

暴雨前夕的印度洋

人民需要怎样的乡村

小时候去过好多次乌镇,这次去简直喜出望外。乌镇被改造成了一个彻彻底底的乌托邦,随处可见的当代艺术、戏剧演出和高水准的服务业——现代人高兴坏了。

人民需要乡村,但乡村带来不了乌托邦,生活的不便、交通的限制分分钟掐死你的乌托邦幻梦。因此乡村再造成了一代知识分子和公知孜孜以求的幻梦。2011年启动的碧山计划一经推出便争议不断,可是5年来,中国这片热土上又涌现了大大小小多少个"碧山"。

乡村再造的成功案例与失败经验里,乌镇横空出世,平衡古朴与现代,艺术与美,去过的文艺青年们都在圈里感叹:"这简直是中国最好的古镇了。"

现代人,既要悠然避世,也还要精神感知,既要采菊东篱下,还要手捧星巴克刷刷手机Wi-Fi,既要形而下的丰富盛大,也要形而上的高深莫测。这些,如今的乌镇全部给予了。

每年的乌镇戏剧节,孟京辉与一票戏剧人把各类先锋戏剧、环境戏剧带到这个小小的古镇。乌镇当代艺术节,一票艺术家正人光明地打着"乌托邦"的口号在短时间内把北栅丝厂改成了几个艺术馆。最大的那个展馆留给了咖位最大的艾未

北栅丝厂1

未，他把一个彩色的卯榫结构古建筑模型作为作业交了进去。作为一个当代艺术，这玩意没意思也没创意——我在那呆呆地站了20分钟也觉得没啥好看的。

还有没意思的，艺术家毛同强收集了三万把镰刀与锤子堆满了一整个屋子。据说暗含了对底层农民与工人的同情。废铜烂铁带来巨大视觉冲击，当然你会觉得或许还有一些隐喻吧。其实不过是中国艺术家对堆积现成品狂热爱好的其中一例，所以它依然是一个没意思的现成品的装置。

当然有意思的作品也有好多。比如一个由各种粉红色材质破布拼接而成的布房子"内省腔"。好多来观展的青年都钻在里面不肯出来，颇有些重回母腹感。艺术家尹秀珍说："我收集不同人穿过的衣服创造一个孕育生命的空间，使我们有机会回到母体中。"这个作品的外部，器官的褶皱与血管都用布料做得惟妙惟肖。"子宫"内部则安插了好几面镜子，方便观者揽镜自照并自省。

芬兰艺术家安迪·莱提宁做了一个一平方米的铁房间装置"隐蔽"，房间内外都插上了巨型的高密度钢针，人一旦走进去就难免会体会被万钉包围密闭空间的恐惧。内向的芬兰人民做的这个作品更偏重于心理学层面，人成了这个装置的合作者与被检测者。

宋冬在一个废弃的厂房内搭建了一个虚拟街景"街广场"，塑料镜子、空塑料瓶、假花、假树、长凳、华灯、护栏、音箱反复播放的段子手薛之谦的《认真的雪》……走入也是颇有些

北栅丝厂的艺术装置

千禧年后

242

恍若隔世感。每个城市都有一条相似的街，不知是记忆的相似还是意识的相似。他在自叙中说："我创造的这条街不能通行，但是可以停留，是可以被使用的自由空间。在这条道路中可以集会、聚餐、消遣、娱乐。既是乌托邦的空间，也是异托邦的空间。"

"乌托邦、异托邦"是这一届乌镇当代艺术节的主题。如今的乌镇正在和这个"街广场"一样，无数神色各异的人群逗留通行，并在这个异化的乡村获得了短暂的精神自由。

2016年

北栅丝厂2

西栅书场

《渡》：一场生死轮回加无数路人的故事

《渡》这出舞剧刚开场的人海战术确实唬住了不少人，数十个着白衣的少年沿着观众席楼梯拾级而上，把观众团团围住，一个个开始其基于个体生活经验的念白：悼念狗的、悼念家人的、怀念一场没有告别的别离、关于一场毫无指望的爱……音频时高时低，时而低吟，时而泣诉，一瞬间你会觉得并不在看一出舞剧，而是林奕华酷爱的人多取胜的戏剧开场。

但它确确实实是一出现代舞，一尾黄灯从舞台顶上打下来，如佛陀般静坐的少年接受一场祭祀与洗礼，伴随呼麦声、鼓点声，极具宗教意味的现代舞开场。这段舞蹈描绘的是一场葬礼。《渡》的导演彭涨是土家族人，他说土家族的葬礼一点都不悲伤，充满仪式感与喜悦感。喝酒吃肉奏乐狂欢，极尽欢乐。相反的，婚礼却很伤心，新娘要哭上两天两夜以表示对娘家的忠贞与爱。少数民族所不忌讳的生死观促成了《渡》，以舞蹈表现生死别离，表现无常，表现生命的羁绊与痛苦。怎么穿过沙漠？如何追求人生真正的自由？这大约不只是高考命题，也是《渡》想告知观众的。

导演彭涨2005年前都在做"电视晚会、综艺节目"，花花

2014年上海当代艺术博物馆舞蹈剧场《渡》

绿绿的排场，大同小异的观众笑脸让他迷茫，直到一个偶然的机会接触到现代舞，他找到了为之奋斗的事业，自此专注于西南少数民族仪式与舞蹈剧场艺术形式的融合，2012年获得了香港演艺学院舞蹈学院舞蹈编导艺术硕士学位。2013年4月，《渡》横空出世，在香港赛马会演艺剧院演出后获得成功并成功引进内地，在上海当代艺术博物馆小剧场进行了首场实验性的演出。

《渡》从死亡开始，从死亡结束。彭涨亲自参与了其中一部分音效，以人声进行"呼麦"，而这也融入了他的童年经验，家乡的葬礼最后一定要加入"招魂"的仪式，让入土为安的躯体与灵魂融合才算真正完成。而这个仪式结束后，剧中的每一个个体也找到了自己人生的答案——或者没有答案。

作为现代舞，《渡》有很强的实验性，比如上海演出时它并没有采用原有的香港班底，而是采用了合作方上海体育学院体育休闲与艺术学院的学生。学生呈现的体态与挣扎在导演看来很有地域本土化，虽然大都市的迷失都是相似的，但是香港与上海呈现的不同特点还是让彭涨觉得太有意思，"我们不像一般舞团原班班底进行巡演，而是到一个地方，用当地的演员呈现当地的生活生态，肢体也是有语言的"。

但《渡》真正的实验性也在于，都市人群参与了这场表演。舞剧在上海排练伊始就通过豆瓣进行志愿者招募，最小20岁、最长60岁的观众都成了这出剧的群众演员，他们负责在舞台上念各种对白。而这种类似呓语的对白竟是由这些群众演员自己根据各人经验写的。24岁的Yale回顾自己人生经历时发现，人生悲伤的一刻是家中的小狗有一天突然消失，没有告别，进而想到人生许多事都猝不及防，他唯一能留念的只有身边一只被小狗咬坏表带的手表。于是他把这个文本故事带到了舞台上。

　　《渡》呈现那么多人有关过去的悲伤故事，也许只是希望大家在人生狂奔的路上走慢点。但无数路人的故事与现代舞的融合依然略显突兀，难以听清的对白偶尔也让人跳戏，或许是实验性与艺术性融合的不足。但若以当代艺术角度来看，一部舞剧有这么多"路人"参与演出并加入创作，确实也是一场浩大的行为艺术。

2014年《渡》宣传海报

王家卫的太极

与所有改编小说的电影套路不同,王家卫把原著的陈酿重新加料再泡酒,给各路大侠佐餐用。

王家卫拍片一向重的是感觉、内心、人性,而不是情节。从《重庆森林》《堕落天使》《春光乍泄》《阿飞正传》《花样年华》《一代宗师》再到《繁花》,仔细揣度,令人难忘的似乎是台词、眼神、动作。《花样年华》中周暮云在楼梯转角的一个回眸,《阿飞正传》中张国荣对着镜子的独自舞蹈,《堕落天使》中黎明的那句独白,就算一个杀手也会有小学同学。抑或遥远的布宜诺斯艾利斯,《春光乍泄》何宝荣的那句:不如我们从头来过。《繁花》中阿宝的独白:我从小就在悲喜中进进出出。

莫言去瑞典领诺贝尔奖时说了一句,其实我是一个说故事的人。把故事说好,似乎就是一个小说家能做到的最好的事。那么一个好的导演呢,故事说得有趣,形式到位,顺便还关照了广大普罗的精神层面,那才有了些大师的味道。

王家卫每个镜头都趋于完美之极,《一代宗师》三小时的拍摄只有一个镜头,美不美,当然。《花样年华》张曼玉的那袭旗袍,找了上海的老牌裁缝来做,从玉颈到腰到臀,每一寸都严丝密缝，透着上海女人独有的韵味。形式对了，苏丽珍走路媚态迭生，一步三摇，就算出去买一碗小馄饨，都成了经典场景。为拍《繁花》，王家卫在车墩实景再造了20世纪八九十年代的进贤路、黄河路、曹家渡。特别是曹家渡的往昔镜头，让上海人民的往昔记忆也随13路电车穿越了一番。

一个对画面要求到极致的导演，演员也不可轻慢。就算《一代宗师》最终呈现给大众屈指可数画面的张震，到底也拜师学了多年的八极拳，甚至还一举拿了个全国表演赛冠军。即使完美如林青霞，她对王家卫的评价也是："他把我拍疯了。"王家卫把演员的信心瓦解，而后又全部重建。张曼玉在《花样年华》下楼梯的动作、姿势，不对，重来，感觉不对，再重来。任何人在他面前都成了需要重新塑造的邯郸学步的小学生。没有剧本，一切凭的是感觉。

王家卫在指导《春光乍泄》时给演员讲戏，王家卫同张震说，小张这个人物是什么样子，为此放了一段交响乐，然后说，小张就是这个样子的。其实，王家卫的叙述方式在艺术表现中很近似"通感"，以音乐及其他艺术形式来展现性格及内容，真正的见山不是山，见水不是水。

台词也太重要，打功夫时说的台词未必是有关功夫的。离别时说的台词也未必与离别有关。"我们最接近的时候，我跟她之间的距离只有0.01公分，57个小时之后，我爱上了这个女人。"这段数据精准的台词，是描述初次见面。物品也在王家卫的故事里举足轻重，凤梨罐头、床单上的发丝，甚至吴哥窟的一个树洞。每一个静物、每一个长镜头，都在观影者心中烙下了深深的痕迹。

墨镜后的王家卫对影像世界的把控是对感觉的塑造。观众对王家卫影片的观赏也是攫取一种感觉，情节本身在王氏经典中是最不重要的东西。比如《东邪西毒》将金庸著作改编成了完全不金庸的东西，它好像在讲武侠，讲时间，讲回忆，与所有改编小说的电影套路不同，王家卫把原著的陈酿重新加料再泡酒，给各路大侠佐餐用，这样的改编在《繁花》中也比比皆是。

那一出戏看山不是山，看水不是水。再等到看山是山，看水也是水，王家卫的太极打了一个循环。那一个循环，宫二神色坚定地说要活在自己的年华里，汪小姐卸下外滩27号的红装说"我是我自己的码头"。王家卫莫不是也活在自己的年华里，一出人生大戏，片名换了几部，内核依然是极其"王式"的。一部看似与原著内容不那么相关的《繁花》，却在一个个镜头、光影、动作与台词里，达到了与原著精神上的和谐共鸣。

2023年

Aimer

跨过2012年玛雅人预言的末日，2013年初我看了几部与爱有关的音乐剧。彼得布鲁克的音乐剧《卡门》以及法语版音乐剧《罗密欧与朱丽叶》。两部法语音乐剧都不约而同地探讨着一个单词：Aimer（法语：爱）。

爱在《卡门》中是一出自由的故事。军官唐·荷塞放走了被捕的吉卜赛女郎卡门，并坠入情网，参与走私。卡门不久又结识斗牛士埃斯卡米罗，并双方谈定，若埃斯卡米罗斗牛获胜，卡门甘愿下嫁。在斗牛场中，卡门不愿以丧失自由为代价，拒绝了唐·霍赛要与她开始新生活的请求，于是愤怒的唐·荷赛一怒之下杀死了卡门。一个热情如火的吉卜赛女子，爱时轰轰烈烈，而当爱情离开时，也绝不妥协。主人公卡门著名的咏叹调《爱情像一只自由的小鸟》极生动地刻画了其性格，不自由，毋宁死。而唐·荷赛的个性则宽厚平和，对爱执着痴情，在《花之歌》中他唱道："这是你扔给我的花，我一直把它藏在胸怀，它虽然已枯萎，迷人芬芳依然存在。每当我闭上眼睛，一阵醉人的花香投入我心房。我看见它，就像看见你。我的卡门，没有你我不能生活。"两个精神上完全不相似的人难以互相理解，爱只能以悲剧收场。

爱　施丹妮摄

反观《罗密欧与朱丽叶》，莎士比亚经典悲剧描摹了爱情最美好的一面，但也有人笑称这对少男少女爱得如此深刻皆是因为"Puppy love"，因是两小无猜时，爱情便如"郎骑竹马来，绕床弄青梅"般美好。因是悲剧收场，爱情便在剧情高潮时刻收场，戏剧冲突加死亡烘托了爱情的凄美，更教人唏嘘。

如若这般传奇的爱情走入生活，结局会是如何？台湾表演工作坊曾在上海公演的舞台剧《这是真的》叙述了一对拥有多年婚姻的夫妻，早年的电光火石消磨为日常乏味的早餐，出门前平淡的问候，日复一日、年复一年的消磨让男主人公忘了当年如何会爱上妻子。他不得不出外寻找新的刺激，与爱情银行的机器人签订"爱情合约"。机器人让他痛苦折磨无法自拔，于是他借此感受自己切实地活着。《这是真的》剧名来自张爱玲的短篇小说《爱》的开头："这是真的，千年万年中时间的无涯荒野里遇到那个人，没有早一步没有晚一步。刚巧赶上了，那也没有别的话好说，唯有轻轻地问一声：你也在这里吗？"

全剧结束，所有观者在心里对爱打下一个大大的问号："这是真的？"

消磨是恐怖的，马尔克斯早在《霍乱时期的爱情》中便探讨过婚姻的长期存在法则在于——忍又厌恶。而朱大心在《初夏荷花时期的爱情》中也寻找了长期爱情能存在的多种可能，小说给了多个结局，最悲怆的一个是，妻子在当年与丈夫有过美好回忆的桥上，杀死了丈夫。在她眼中，身边的这个人已经把当年的那个丈夫完全地扼杀了，当年她所爱的人早已不存在。岁月对爱情的折损在于，人不是恒久不变的事物，关系的微妙改变往往有量变质变之差。所以几乎大部分文学艺术描摹的罗曼史都只存在于青年时代，柳梦梅与杜丽娘，罗密欧与朱丽叶，梁山伯与祝英台。如《霍乱时期的爱情》中的男女主人公垂垂老矣而走在一起的并不多见，男女主人公几乎一生都不在一起，各自成长，互相惦念，而在年老时他们达到了从未有过的契合与一致，年老也是个终点，意味着不再变化，也意味着永恒。

这种停滞的永恒对戏剧来说是极难的表现形式，爱在许多戏剧中的表述是"荆棘鸟"式的，自离巢那一刻，便不眠不休寻找属于他的那颗荆棘树，找到便栖居树上歌唱，直至坚硬的荆棘刺穿它的身躯，它的声音才消逝于世间。戏剧关于爱的刻画，极致是美，而永恒并不是。

2013年

兰心大戏院《卡门》

苏青与她的俗世"脱口秀"

静安区南京西路591弄,如今的润康邨内,一幢普普通通的三层新式里弄公寓,是20世纪三四十年代知名女作家苏青的旧居,也是她与丈夫分居后第一个真正意义上自己的家。

在弄堂口张望,看到的似乎是王家卫的电影,摇曳的旗袍,暗色的口红,在某一个拐角消失的婉约身姿,眼波流转,顾盼身姿。可是苏青不是这样的女人,她的处事与写作都像她那一口辛辣爽气的宁波话般,将风花雪月的想象隔离干净。

苏青对俗世是热衷的。这不像她著名的朋友张爱玲,任何俗世在她眼中都只能看出个虚空来,那种虚空一下子就教人看淡了眼前的一切,从心里生出一股悲切。苏青眼里,俗世倒也让人欣欣然喜滋滋。她跟你聊着社会上的男人和女人,目的也只是找出个解决办法,看看这个时代女人怎么活得称心,又不妨碍那些"先生们"。苏青的态度是入世的,入世的根本是为了怎么更好地活在俗世里。

从文学史看,苏青与张爱玲都爱俗世种种,只是一个爱热络,一个爱苍凉。她们的表面似乎都是人世烟火,可毕竟是殊途。张爱玲曾说:"苏青是物质的。"可这样一个苏青倒也更适合这俗世,在这俗世里活得从容、高兴,时不时犀利地来上几

润康邨

千禧年后

句评论，那些评论如现在的一些女性脱口秀一般，振聋发聩。

譬如她说："道德之士便是当时最勇于盲从的家伙，因为他们所由的是他人之德，不曾享受道德的好处，反倒吃了道德的亏。占了便宜的马上将他们赞不绝口，且想出许多吃亏以后的精神快乐来，以鼓励继起之人。"苏青有的是宁波人敢说敢为的爽快气质，故而张爱玲不愿与冰心、白薇放在一道被人提起，倒是服气与苏青齐名。

苏青既不一味宣扬爱，宣扬光明，更不是完全的否定。就像她的小说《结婚十年》，虽然最终逃不过离婚的结局，她对十年来那些零碎的过程持的也非一味否决。一个平凡女人在婚姻结束之后对丈夫、对婆婆、对生活的态度依然是祝福的。

苏青的俗世浮世绘的构建底色是为了让女人看出点生活的希望来。"有了孩子，无论是谁都要好好做人，因为天下的母亲是善良的。"苏青从来都是如此，不是灭绝，而是要人有希望。那点希望就算是零星，也要指给你看。指路的时候，用的绝不是冰心式的爱、宽容、自由等词眼，她的话一是一，二是二，绝不琐碎也绝不妄加道德外衣，她可以清醒地和你谈婚姻，谈家长里短，用的依然是上海弄堂里家常的口气，丝毫没觉得半点不好意思。反倒是读者在这样的谈笑中，猎奇之外有了些许清醒的顿悟。

这样一个苏青，结过婚，生养过孩子，也离过婚，没有显赫的家世，独立地做着编辑工作，与大部分尘世中的人倒是更贴近了些。那些家长里短，那些对女子教育的质问，对婚姻生活的种种笑骂，都妥帖到人心里去。

在场

有些话她毫不顾忌地讲出来，譬如谈到女子教育问题，她便描述起生理课上老师和女学生是如何不好意思，男学生是如何嘲弄，结果课时被压得一短再短，最后索性不上了。苏青愤愤不平："既然生孩子是每个女人都要做的事，学校又怎能不教，连讲到生殖都扭扭捏捏的，可见对女子的教育是何等的不完善。"

看到此处，任何女性都忍不住击节称赏。苏青的入世是这类大女人的达观，她没有女性常有的自怜与悲戚，而是大大方方爽爽快快地谈着，在言谈间，把这些视而不见的俗世"乱象"提到台前。

苏青到哪都乐意谈起自己和《结婚十年》，高兴大家认识她，也高兴和大家谈自己的作品。她和张爱玲一样乐意出名，却也在俗世的生活里有了另一番见地。亲近生活，也在生活里嬉笑怒骂，因而她可以不奇装异服，她可以高高兴兴地穿上人民装，为的都是和这时代和这俗世接近。因为没了这俗世，就没了嬉笑怒骂的对象和拉家常的地方。

她在新中国成立后写过越剧剧本，也向政府靠拢过。她的剧本有成功的，也有近之糟粕的。"文革"时她被打入右派。之后便一直在越剧团的门岗看门。据后来的人回忆那时苏青头发斑白，眼中已无往日之神采，整个人都戚戚然起来，直到80年代才故世。风风火火的苏青在人生际遇的江河里沉了下去，这是另一部命运的故事了。

2024年

小店

熟悉的小店像是老朋友，你走进时是舒服的，店老板或传奇或亲切，它是你某一段人生、某阶段生活圈必不可少的一部分，当你以为它会永远存在你人生中时，说不定突然就消逝。和李安电影里那只叫作Richard Parker的老虎一般，也许连告别都没有。

我两年前常去的酸奶铺让我觉得是全上海最好的，它开在"法租界"一条繁华马路的支马路上，对过一家餐饮店长期爆棚排队，那些领了号的人常来这家铺子歇脚，聊天，看对面的队伍排得活色生香、风生水起。铺子极其之小，八平方都不到，左手边一个制作饮料酸奶的吧台，简易的餐单。右边摆着木质小圆桌，亮色的沙发，简洁的小书柜，上面搁着几本翻得很旧的Lonely Planet、黑格尔的《小逻辑》、佛经之类。原本只想来歇脚的人常会坐着看起书，看到等位号叫过了，饭点都过去，因此小店的翻台率常年很低。老板是个扎小马尾的上海口音彪形大汉，从不赶人，客人们坐一下午甚至整天，他都很礼貌地微笑。除却饭点，这家店的生意都不算太好，于是老板就和老板娘——一个娇小漂亮的姑娘一起望向窗外，他们很长时间都不说话，有时还相视而笑，老板娘会娇嗔地和老板说，我

小店内景

思南路街景

想看那场新上映的电影，老板会默许地看着她，两人身边的空气好像要把整个店融化了。

我第一次去这家店吃的是蓝莓芝士蛋糕配酸奶，老板和老板娘没有和客人说话的习惯，他们有时歪着头靠在一起看客人吃下精心制作的食物，不带侵略性而满足的，像是看着自家的猫咪。到撤碟时，他们会声音极低地问一句，味道还好吧，好似惴惴不安期待家长嘉许的小学生。

最后一次去这家店时是春日，老板和一个做商业地产的香港商人谈起这家店月租三万，其实很难收回成本，"但我总是希望人不要太多，也不希望有什么美食介绍，疏疏落落的客人在，挺好的"。

一年后，再去那家小店，原先的吧台已经变成了一张黑色长桌，原先的餐板也成了颜色各异的留言本，在原来摆放书架的地方，两个姑娘以一口台湾口音的普通话向来往的顾客兜售很红的血糯米奶茶。她们身后是茶铺标配的瓶瓶罐罐，生意很好，来外卖的客人却鲜有停下来坐一坐的。冷冻柜处原本是老板和老板娘发呆的地方，我买了店中的招牌奶茶，冷的，卖茶的姑娘用煮牛奶的小锅子热了热，依然冷清。

熟人走了，情分也不在，这小店与我还有什么关系呢？倒是留下了熟悉的外壳，怅惘想想往事，触景生情。老板和老板娘去哪了，他们还做优酪和芝士蛋糕吗，他们还会腼腆待客，对着彼此发呆吗？

那时木心和几个学生在美国路过广场公园，年轻的孩子在公园里溜着滑板，好不自在的样子。木心却说，想到他们日落之后还是要回家、洗澡、睡觉就觉得悲凉。快乐都是一瞬的。生活里只有部分的真实，不若小说、电影那般，瞬间的美好就是全部真实。若是看清生活部分的真实，便可通达很多。可是想那红尘，总希望眼前可留得住。

小店是人的小店，那一点人情世故、家长里短觥筹交错在一块儿，有了人情，才有味道。这家小店消失后我又去过家以创业为主题的咖啡馆，老板说，来我们这家店的有风险投资人，有摄影家，有律师，有金融巨子。这些人在一块儿说不定下一分钟就有全新的商业计划书。他没有提食物，也没有提咖啡的温度，地方偌大空旷，差了一份人情。

于是就不是小店了，小店要有人，要小，要合乐，像是如今逐渐淡出人们视线的烟纸店，人随着外部环境变迁聚聚散散，人情还在。那一点人情，像光，曾经出现在你人生中，照亮一个片断，有了那一点亮，似乎也让你有了继续走下去的勇气。

2013年

在西伯利亚等一艘船

那一年冬天，我踏上俄罗斯这片横跨了十一个时区的广袤土地。

一行人预备从西伯利亚、圣彼得堡、莫斯科再辗转遥远边疆的堪察加。

到达的那天正好是中国的除夕，一群人在西伯利亚的农舍吃了一顿极其简陋的晚餐。农舍的俄罗斯大妈已竭尽所能做了她日常能做到的最可口的饭菜给我们：卷心菜丝一盘，胡萝卜丝一盘，一整盘切割均匀的红肠，一盘黄油，一盘黑麦面包，没有我们期待已久的红菜汤。红茶茶包、巧克力粉，一叠切割规整的带奶味的饼干摆放在桌上，供我们这些远道而来的人任意取用。

作为年夜饭，大家都觉得这有些过于寒酸，同行的翻译、留学生邵哥却说这相对于当地人的生活水平，已是相当丰盛的招待了。他指了指餐桌的一侧，农舍主人十七八岁貌美如花的女儿正在吃黑麦面包，她往泡好的红茶里加了三勺糖，搅了搅，喝得心满意足。她的母亲，那位身材魁梧的俄罗斯大妈刚刚给我们做完一餐饭，拿出一碟裹着各色糖霜看上去极甜的奶油蛋糕，用金属勺子一口口地送到嘴里，并不时和她女儿嘱咐

冰冻的贝加尔湖

千禧年后

着什么。"俄罗斯人嗜甜。"看到这一幕,我终于相信邵哥说的那句话。

同行的女孩薇薇从行李里找出携带的叻沙泡面,想给我们这些人煮一锅热腾腾的汤,想要使用厨房的时候却遭遇了一些困难,原本因语言不通,与女主人比划了半天对方都一脸懵。最后终于弄明白我们这些外来人要使用她的厨房烹煮,她也似乎并不怎么高兴,只是反复强调,使用后要把她的锅子洗净归回原处,并要节约用水。她大概是认为辛苦做的大餐不受我们喜爱而暗自生气,俄罗斯人的倔强实在是难懂,我能感到这其中暗藏着一条巨大的文化鸿沟。

西伯利亚入夜很早,在农舍可以看到广袤的天空与璀璨的星星,大家都不舍得睡觉,但室外极寒,一吸一呼间都弥漫着白森森的雾气。室内的极度温暖也真是令人眷恋,大家随意聊着天,仿佛外部是无垠宇宙,时间无限停滞,而室内的热闹也似乎可以永远停留在我们身边,这种温情令人着迷。

一夜无眠,农舍的房间被收拾得一尘不染,暖气片让整个屋子都湿湿润润,然而床出乎意料地窄,所有的床与莫斯科宾馆的床尺寸同样谨慎,宽度顶多七八十厘米。翻身都有掉下去的可能。一整晚睡得战战兢兢,在黑暗的蒙眬中时刻警惕自己掉入深渊。

第二天,领队小段说今日要启程奥克洪岛,为了抵达这个岛屿,我们必须穿越零下40度寒冷的贝加尔湖的冰面。"怎么穿越呢?我们走过去吗?"同行者问了这样一个问题让大家哄

俄罗斯远东西伯利亚

千禧年后

笑作一团。"也许我们可以溜冰过去。"小段开玩笑道。

直到起始点,悬着的心才落定。一艘可以荷载20多人的气垫船往返于冰面之上,虽然班次稀少,但总是好过大家在这苦寒之地穿越这一片望不到头的不知何时崩裂的冰面。一群游客显然也是抱着这样的想法,好几拨素不相识的人,三三两两地缩着头等待气垫船的到来。

上一艘气垫船在我们到达的那一刻刚开走。这艘形态奇特的船,上半部长得像一只潜水艇,底部因充了气而鼓鼓囊囊,靠着船体自身的动力,在冰面上畅通无阻快速滑行。而到了西伯利亚的春天,冰面逐渐解冻的时候,这艘气垫船自动化身为水上船只,气垫漂浮在水上,又是个自如的水上运载工具了。

在严寒中等了仿佛半个世纪后,我们却没有如期登上这艘船。所有等待的人群一哄而上,把我们一行人冲散,而我亦不愿意冲进这人堆里,一步步往后退,最终根本上不了船。一转身,几个女孩儿都没有挤上船,原本好不容易进了船舱的邵哥与小段看到我们滞留原地也索性从甲板上跳了下来。

天地间又只剩我们一群人在独自等待。又是仿佛漫长的半个世纪过去了,起点处又来了一群人,争先恐后翘首企盼的样子。人越聚越多,邵哥好不容易点着了一支烟,抽了一口,"我看我们这个样子是永远都上不了这艘船了"。"那不如走过去吧!"小段又以戏谑口气说道。众人一惊。

不知谁起的头走上冰面,一群人每个人都背负着行李开始往前走,远处的气垫船已经在视线中缩成一个小黑点。渐渐地，只剩我们几个在这块看不见尽头的冰面上往前。冰面太滑，自负又太重，每一步都举步维艰。而我又充满着早些年看完《白日梦想家》的梦幻感——前一天还在办公室对着电脑打字，隔天就被抛到这苍茫大地上来，强烈的荒诞。

因为寒冷，一分钟都像一个世纪这么长。我体力不支，掉在了队伍的最后。而前行在队伍最前方的人也逐渐放缓了速度。甚至有人提议，不如折返去起点，继续等船。是选择一艘不知何时来的船，还是前方不知何时到达的目的地，一行人开始犹豫，脚步却依然没有停下。在最艰难的自然条件下，往前成了身体的本能。

我们不再等待一艘船。在北半球最寒冷的地带，冰面构成的地平线上，继续向前。

2020 年

贝加尔湖蓝冰　　　　　　　　冬日列车

这无情世界的热情蠢货们

2015年的上海国际艺术节开幕推介演出上,处女座艺术家马良拿出了花了好几年时间做的一个木偶剧片断,而这部木偶剧也在不久前入选了纽约举办的第94届ISPA并获得了理事会成员的投票第一名。在这之前,他是个优秀的视觉艺术家、摄影师,出过《坦白书》和《人间卧底》两本散文,不赚钱地做着一个微信公号荒谬之王。为了实践自己对父亲的承诺,他自己研究道具、组织团队做出了一部木偶剧。道具的精细程度让你觉得舞台上的是一个当代艺术装置展也不为过。

整部剧只有四个角色,5岁的马古几,成年的马古几,幼时的父亲,垂垂老矣的父亲。为了帮老去的父亲找回记忆,成年马古几研制出了时光机,而后舞台上的小小幕布虚实交错,往日时光如梦一般袭来。小马古几第一次蹒跚学步,父亲第一次扮鬼脸逗马古几笑……甚至在5岁的小马古几梦中,还出现了一只巨大的丑陋的机械大鱼,踩着京剧的步伐侵入小马古几的梦魇中打斗起来,那是一个孩子最早的噩梦回忆。马良的父亲马科是位著名京剧导演,年幼时,一旦你做错事,你的严厉的父亲是否也曾成为你的噩梦?看到这里,不少观者都会会心一笑。

《爸爸的时光机》剧照

所有回忆都没有太大的逻辑性，但呈现的方式与一般人类的回忆方式是一样的，片断性，画面模糊，混杂着蒸汽的腾腾迷雾。但你记得表情、动作。比如父亲做鬼脸叫孩子"马古几"的可爱样子，比如父亲扮作飞机逗儿子高兴的画面……最后老去的父亲终于记起了儿子，他用同样的动作与声音叫了一声"马古几"，举起手扮鬼脸，动作不娴熟，声音苍老。5岁的马古几已经长大，而父亲已经太老了。

木偶被两人用线牢牢牵着，我不知马良选用木偶的用意，可能是因为木偶和人一样，在生命的这样那样时刻，被上天与命运牢牢地牵着走。一端是已无法回去的童年与梦，一端是已走向暮年的长辈，那是普罗大众的命题，是一个人难以触及的柔软脆弱。

剧场极暗的光线下，身边有几人掉了泪，又很仓皇地迅速地抹去。马良在《人间卧底》一书中曾写道："无情是一种病，这个虚张声势的世界里已到处是不好惹的变形金刚，我再不想成为其中一个了。"于是《爸爸的时光机》成了打破无情世界的一个深情无比的作品。

谈起做这个作品的初衷，马良说："我天生就喜欢做烦琐费力的事情，不喜欢捷径，也不喜欢安定。愿意承认自己是不深刻也不够智慧的人，也愿意付出时间和热情去做蠢事。我尊敬那些在画布上重复画一万道线的人，甚至那些只提出一个玄乎的概念，一个聪明的谜团，却不舍得给出答案的人。在我看来，这无情的世界因为有热情的蠢货，才有些浪漫。"

一个处女座的浪漫是什么？他用一出手工锻造的木偶剧作为送给八旬戏剧家老父的抒情诗。是有关"你从哪里来，你要到哪里去"的终极命题。

2015年

《爸爸的时光机》宣传海报

月圆时的家宴

我的生日接近中秋，每年农历八月过半，生命之轮就悄悄往后拨一格。记得小时候，有一年阳历生日正好与中秋节同一天，妈妈没有买到生日蛋糕，却变戏法般拿出一个六寸的杏花楼玫瑰细沙月饼，插上蜡烛许了愿，切了几块家人分食，这个"月饼蛋糕"我们一样吃得有滋有味。

中秋家宴一般是由爸爸掌勺，芋艿毛豆、各式糟货、八宝鸭都是他的招牌菜。爸爸的八宝鸭不同于梅龙镇酒家的做法，是清炖的，鸭子内脏掏干净，肚子里填满预先腌制好的糯米拌瘦肉、莲子、栗子等，再把鸭身合拢，砂锅里炖好几个小时，要做到滋味丰富又没有鸭子腥味，其实很费工夫。

我家的八宝鸭上桌时，是中秋家宴的华彩时刻，从小到大，爸爸都会把鸭子拆开，把里面的糯米挖出，第一口给我尝，味道是咸了还是淡了，我是他第一个食客，也是家宴的美食评论家。每当我竖起大拇指为他点赞时，他都会笑逐颜开。其实，做饭的人好几小时泡在厨房，等到整桌饭菜端上桌，鲜有胃口。立秋后"秋老虎"肆虐，爸爸往往一进厨房就是一身汗，吃饭前甚至还要洗澡换身衣服，再笃悠悠倒上一杯黄酒，看一家人开开心心地吃到一半，才夹点小菜尝上几口。

2009年与张雪敏教授在灾后北川青川，震后的临时板房

震后青川

一路常见运送物资的军用车辆

2017年在俄罗斯勘察加半岛火山群

中秋家宴的桌子是在逐渐缩小的。我逐渐长大，爷爷、奶奶、外公、舅舅等长辈过世后，家宴规模也从中式大圆台变成了西式长桌。后来，我成家有了孩子，家里有了第三代，家宴才重新热闹了起来，有资格吃八宝鸭第一口糯米的从我变成了我的女儿。

好多个中秋我缺席了家宴。我们八零后这一代多少都有当"徐霞客"的宏志。千禧年后，年轻人都在一股脑地向外追寻，去远方。那时没有社交网络，背包客不为打卡，只为探索世界，十几二十岁时好几个中秋节是在祖国各地和希腊、西班牙、比利时、法国、马尔代夫等地度过的，甚至有一年，我春节去了西伯利亚，中秋去了勘察加，一整年的重要节日都离家在外。

年少时，向外探索的快乐要远大于与家人共度的平淡日子。2008年中秋在后海，北京奥运刚过不久，我与几个在北京读书的同学见面后，住在一个胡同四合院里，看着天上悬着的一轮圆月，想着这一生要怎么度过；20来岁，在希腊一个古堡酒店，听着歌，坐在泳池边上，看着黑得深不见底的夜空和明月。年轻时太多冲动与迷惘，如今回头看，大概那就是少年心气。2009年中秋，我和同济大学国家历史文化名城研究中心的专家们去了震后的四川广元、青川等地调研中国蜀道世界文化遗产线路，吃着中秋工作餐，看着天上的那轮血红色的月亮，当时共事的张雪敏老师说，在外面过中秋节不习惯吧？张雪敏老师一生致力于国家历史文化遗产的研究与保护，后担任上海

爸爸　　　　　　　　　　爸爸的照相馆标准照

四五岁的我　　　　　　　女儿初初4岁画

石库门文化研究中心主任，在2020年早早离世。

今年中秋前夕，爸爸疾病复发住院，家宴没有大厨了。术后，妈妈在厨房里手忙脚乱地给爸爸准备营养餐，爸爸却只懊丧没办法给外孙女烧她最爱的葱油拌面。这是我第一次想把爸爸的拿手菜都学会——而以往，甚至成家前，爸爸催促我学做饭，我也只敷衍地搪塞：反正腌笃鲜、红烧肉、糖醋小排都会烧了嘛。我心里默默想：爸爸，今年家宴我来掌勺。

对孩子来说，幸福是平淡生活的重复，月圆周而复始，其实也是另一种重复。人生如短暂航行，月圆月缺，每次抬头望月时，你都不是当年的那个人，而身边共赏月的人，或相聚，或离散。活在当下，除了活得自在尽兴，更要珍惜这些日复一日在月光照耀下的日常与身边的人。

2024年

勘察加冰洞探险

梦开始的地方：咖啡馆的对话

时光咖啡店的拐角，你正坐着等我，职业化的笑容，妥帖的着装。桌上放了杯尚冒热气的蓝山，坐下时，你问我要橙汁还是奶茶，并说这对脸上的青春痘不会过分刺激。你试图让我尽量放松以便这次访谈不至于过分沉闷。作为一个专业记者，你约我这样的普通人会面实在奇怪。你却笑而不答，想知道我什么呢，我不过是个学生。

对，就是学生，说说你的故事吧，你的梦想，你的经历。

我嘛，我随手把茶包放在杯中搅动，曾经很想当个作家，多久，多久以前？小学吧，老师问起我们将来想做什么职业，我第一个站起来声音响亮地说"我要当作家"，语文老师很高兴，还表扬了我。回家后爸妈却跟我说，作家算是什么职业，职业那得是定时上班，定时下班，定期拿工资的那种。于是我的第一个梦想成了不务正业，好在那时的未来遥远，远到不用我悉心去想，我只是在等待成长，等待升学，等待有机会让我梦想的那一天。

"那么，你等到了吗？"

也许上大学是个转折点，这之前我一直在努力念书，努力适应优胜劣汰的规则。很多思想来不及挤进头脑。直到进

作者（左一）在"我的就业之梦"颁奖大会登台领奖

入大学，所有压力一下子烟消云散，却突然不知道自己想追求的东西是什么。只是一如以前上课下课，翻专业书背英文单词。等到有一天，被问起职业规划时，才彻底愣住了，原来这二十年来从未正儿八经地想过职业规划，我只知道在小小的象牙塔里面行走攀爬，却忘了象牙塔之外的广大社会。那时刚上大二，看着新入校的新生，觉得自己似乎已经没有幼稚的理由，我被称作师姐，我离未来又近了一步，我再也不是小孩子。

"那是什么感觉？再也不是小孩子？"

就像是生长期突然缩短，又没有给你足够的时间过渡，大概就是这样吧。那时已经有人在谈论未来了，而我手足无措。原本只知道抽象概念的我突然被告知世界明朗化了，粗粝毕现。

"那你呢，继续做你的作家梦吗？"

我以前读到过一句话：幸福便是做你喜欢做的事，并以此来赚钱。可我觉得以当作家来赚钱相当困难并在某方面是对自己心灵的压榨。我需要一个适合我的生存方式，恣意怅然地写东西，当然是在工作之后。同学们称我是个对文学有梦想的青年，因为在我身上只剩梦想，我需要融入这个社会，因为我知道若要改变规则就要掌握它，然后才能操纵它。

"对，正确的想法。"你颔首微笑。

别盖棺论定，到今天，我都不知道我的想法是否是对的，你看我现在的专业，嗯，不是中文系，或许我早就为自己留了退路。我每天抱着法律专业书去上课，听着入世的学问。我想，无论是新闻学还是法学，它都可以帮助一些人，有益社会，相比于文学，它的作用更直接。

"所以呢？"

我想一个人在世上的作用总是希望变得对他人更有用些，从而自我实现吧。在法院实习的时候，我碰到一个河南老妇，女儿在清扫马路时被撞，女婿又拿走了所有的赔偿金，她丈夫早亡，膝下又无其他子女。我经常会想她将来要怎么办，比之我们乌托邦般的大讨论，眼前的问题似乎更实际。总有一些弱势群体得不到关怀，甚至连生活都得不到保障，他们和我们共同行走于大地，而法律的立法原意就是为了保护弱势群体。这样想来，每天学之枯燥的概念仿佛也有了自己的生命力。无论法律还是新闻,为的总是使社会更平衡,更和谐。而在这个过程中,总是需要人劳作的,我曾经以为除作家外的工作都是非创造性行业,如今却慢慢觉得任何一颗螺丝钉都有它的效用,每一个人都可以帮助一些人。作家与文学改变人的灵魂与精神世界,而其他工作改变的就是人的生存环境与生存状态了。

"看来你对自己的专业,未来的构图都有些抽象认识了。实习看来真的让你学到了不少东西。"

不是所有的都是美好的,我笑了笑,工作比学习烦琐得多,有时甚至只是流水工。

初期总是这样的,复印,打印,倒水,我也做过。

对,就是复印、打印、倒水。《天下无贼》里葛优说的那句话用在我身上正好,"一点技术含量都没有",周而复始,久而久之,我也会想,也许职业和理想真的有差距。理想需要的是高瞻远见,职业只需要你脚踏实地。

"感觉就是从下往上抛出的球,在空中上下来回现在终于落地了。"

就是这种感觉吧,重新回到地上,重新找到自己的轨迹,一步一步往前,再踩出新的轨迹。我需要重新摸索,可是一想到自己的微不足道的工作会对他人对社会有益,我的摸索仿佛也就有了意义。

"会有压力吗?"

压力总是有的,首先我要找到自己,这就是个大压力。

《新民周刊》刊影

东方书报亭

没有人会告诉我适合我的位置在哪里，我只有自己找。这过程中又会有形形色色的人际压力，中国是人际社会，你不可能与世隔绝。在这么多的竞争者中营造一个和谐的环境，这本身就是压力。人的苦衷是永远不能脱离，所以只能适应。

"那么已经适应了吗？现在看到的未来还模糊？"

现在，大概能勾勒出未来的大致形状。我希望能切实地帮助一些人，让人看到真相，沉沦office当个小资白领并不是我想要的。我不想做个随波逐流的人，我想站在时代的风口浪尖上，想"睁着眼看看"。或许就像你一样。

"记者？"

对，记录时代的人，我希望真实，希望自己的努力真能像盏灯一样照到世界的弱势角落。

"这很难。"你笑了。

我知道这很难，可总有人该去改变，或许真实会是推进改变的力量。

"或许，只是或许，可能最终你什么都无法办到。"

可是这是我的未来，就算磕破了头，我还年轻，不是吗？

注：本文为首届《新民周刊》"我的就业之梦"全国大学生征文大赛二等奖作品，刊于2006年《新民周刊》。

后记：一代人中的一个人

我生于1986年，今年正式进入40虚岁。我和同时代的上海八五后年轻人一样，在成长过程中经历了上海的城市巨变，也经历了父辈乃至祖辈的生活变化。

一代人有一代人的朝花夕拾。2013年我读《繁花》，约了金宇澄老师做专访，12年以后，我都觉得是人生重要且深刻的经历。当时金老师的小说是在弄堂网连载发表的，他鼓励我也可以写。现在想来，鼓励作者写下去或许是编辑的天职。

2024年下半年，父亲癌症复发，我和家人整日奔波在各个医院、手术室外，此外亦要完成本职工作、照顾孩子。那就是这样一个至暗时刻，我重新开始写作。我被复旦大学中文系创意写作研修班录取，在父亲病情平稳的阶段，利用周末时间去课堂听课，写作。

在这过程中，父亲完成了两台手术，打了阶段性的漂亮仗。而我确实在写作中，重新找回生命的价值感、生活的勇气和初心。

2024年末，我给金宇澄老师邮箱发送了一篇课堂习作小说。他肯定了我小说写得有意思的，也指出了一些不足。他是一位伟大小说家，也是一位一流的编辑。只字片语，却振聋发聩。

《千禧年后》这本书是纯非虚构的记录，有一些历年的采访报道，也有日常写的散文，全然真实（部分曾刊发于历年的《新民晚报·夜光杯》《解放日报》、澎湃新闻等）。但它或许与小说的共通之处是，真实与虚构或许最终抵达的是一个时代的精神面貌。

千禧年后的二十多年，我所体验和亲历的现场，在时间沉淀后，把他们从个人生活历史的河流里打捞出来。真实是有力量的，年代的群像，曾经发生的一些事件，会拼凑出一些过去时代的、属于一代人的经验。我想这是这本书出版的意义。

若从实习算起，我踏入新闻业近20年，新闻工作在这个人工智能及流量盛行的时代发生了许多变化。但这依旧是一个人类世界对人类的变化与时代气质变换的记录，是人工智能难以企及的。所以依然需要人去书写，那些生命的渺小与苍茫，时代与个人幽微的联系，也需要站在时代洪流里的人记录切身体验。

一代人有一代人的使命。每一代人都被时代照拂，每个时代亦有其各自的生命痕迹与传奇。这些痕迹刻在由时代造就的人的身体里。上海瞬息万变，它的气息变化是不及时感知记录就会消逝的。它是"软红十丈"的上海也是"不响"的上海。90年代有90年代往事，而在我们成长的千禧年后，上海生活的细节与变化亦值得我们这个时代的人去"按图索骥"。

我在复旦中文系创意写作的课堂上听到最多的是，要坚持写下去，要完成这个文本。完成这本《千禧年后》，是对我过往人生的一些回望，也是对命运之海交手过的一些了不起的前辈的个人记录。我相信，人与人的相逢，是偶然亦是注定。同样是偶然，我与我的责编，作家鱼丽（鲍广丽）女士在上海报业集团大楼内的电梯偶然相遇，偶然一念促成了这本书的诞生。

故说起做这本书的初心，或许也就是珍惜人的偶然相逢，亦珍惜我所亲历的时代。

感谢在过去给予我许多提点教导的金宇澄老师、毛时安老师、李守白老师、简平老师、殷健灵老师、惜珍老师以及黄阿忠老师、吴林田老师，新闻界的前辈丁曦林老师、刘芳老师，黄浦区党史研究室的赵兵女士，已故的同济大学张雪敏老师。

感谢我所供职的卢湾区委宣传部、黄浦区委宣传部，静安区委宣传部、静安区融媒体中心的各级领导同事。

谢谢我的家人和鼓励我不要放弃梦想的朋友们。我个人对于上海千禧年后的浩瀚岁月非常渺小，我只是一代人中的一个人，感恩这个伟大的时代让我与你们相遇。

2025 年 3 月

图书在版编目(CIP)数据

千禧年后 / 施丹妮著. -- 上海 : 文汇出版社,
2025. 5. -- ISBN 978-7-5496-4482-7

Ⅰ I267.1

中国国家版本馆CIP数据核字第2025Y5V618号

千禧年后

著　　者 / 施丹妮
责任编辑 / 鲍广丽
封面摄影 / 余儒文
封面装帧 / 观止堂_未氓

出 版 人 / 周伯军

出版发行 / 文匯出版社
　　　　　上海市威海路755号
　　　　　（邮政编码200041）
经　　销 / 全国新华书店
排　　版 / 南京展望文化发展有限公司
印刷装订 / 浙江天地海印刷有限公司
版　　次 / 2025年5月第1版
印　　次 / 2025年5月第1次印刷
开　　本 / 890×1240 1/32
字　　数 / 185千字
印　　张 / 9.375

ISBN 978-7-5496-4482-7
定　　价 / 68.00元